Cahiers Spiritual'été

Booster sa spiritualité

LEONA READING

ALLIANCE MAGIQUE ÉDITIONS

Éditions Alliance Magique

10, rue de Vidailhan
31130 Balma
FRANCE

https://www.alliance-magique.com

Retrouvez-nous sur les réseaux sociaux

Facebook @Alliance.Magique
Twitter @AllianceMagique
Instagram @alliancemagique

Crédits :

Direction éditoriale : Arnaud Thuly
Sous la direction de : Laura Garuet-Lempirou
Mise en page / maquette : Anaïs Cousinou
Correction : Servane Keriguy
Illustrations couverture : Stéphanie Gras ; iStock/rungrote ; iStock/Anna_zabella

Un label du groupe Alliance Magique
ISBN : 978-2-36736-097-3
Dépôt légal : 2e trimestre 2021
Impression Typo'Libris

Sommaire

Introduction 4
1. Introspection : une merveilleuse aventure 6
2. Mettez de la magie dans votre quotidien : routine *vs* rituels 10
3. Synchronicités : les signes qui nous mettent sur la voie 14
4. L'ennui ouvre des portes auxquelles on ne s'attend pas 18
5. Méditer pour apaiser le mental et trouver la sérénité 22
6. Réveillez votre enfant intérieur ! 26
7. L'audace d'être soi mène vers l'alignement 30
8. Prendre confiance en soi et accepter d'expérimenter sa spiritualité 34
9. Connectez-vous à votre joie et vivez la vie qui vous fait vibrer 38
10. Vivre dans la gratitude 42
11. L'énergie de l'Univers : loi d'attraction 46
12. Créez votre espace sacré 50
13. Le chamanisme au quotidien 54
14. Harmonie des énergies 58
15. La spiritualité à travers le corps 62
16. Être connecté à son intuition 66
17. Le sommeil et ses trésors 72

Corrections 76

Introduction

Tout le monde connaît cette bonne vieille expression : « Je ne crois que ce que je vois. » Eh bien, si je devais définir ma vision de la **spiritualité**, ce serait par cette simple phrase : « Je vois ce en quoi je crois. »

Parce que penser « Je ne crois que ce je vois » est une limite que l'on se fixe. Une limite qui ne tient pas debout quand on y réfléchit. Voyons-nous une odeur ? Et pourtant elle existe. Voyons-nous une pensée ? On en a pourtant environ 60 000 qui nous traversent l'esprit chaque jour. Pouvons-nous voir l'amour ? Non, et pourtant chaque être humain est capable de ressentir ce sentiment universel.

La vie est d'une richesse extraordinaire et il serait si triste de limiter son expérience à tout ce qui peut se mesurer. S'ouvrir à la spiritualité, c'est donc une ouverture à une nouvelle réalité, une perspective nouvelle.

Cependant, le mot en lui-même peut impressionner, ou même repousser. Dans notre société actuelle, ça peut sonner tellement sérieux, pompeux, voire même inquiétant. Alors que pourtant, nous sommes tous des êtres spirituels. Et la spiritualité et la joie sont si connectées.

Ce cahier a été créé pour vous accompagner dans un cheminement sincère et authentique pour que vous puissiez vous connecter à vous-même, aux énergies et à l'Univers afin de créer une vie qui vous fait vibrer. Et ce sera la parfaite façon de passer à la pratique car la connaissance spirituelle ne peut pas être enseignée, elle s'acquiert uniquement à travers vos propres expériences, et la vivre avec plaisir et fun est tout à fait possible !

Les mots-clés :

ALIGNEMENT

parce qu'il existe des milliers de façons de vivre sa spiritualité et que je vous invite à trouver la vôtre.

JOIE

car ça doit vous faire vibrer de bonheur au quotidien.

PRATIQUE

parce qu'il n'y a que comme ça que vous pourrez vous connecter à votre propre spiritualité.

Alors, prêt à vous ouvrir à quelque chose de plus grand et de <u>fascinantes aventures</u> ? C'est ce que je vous invite à découvrir dans les pages qui suivent !

Chapitre 1

Introspection : une merveilleuse aventure

Pour se connecter à sa spiritualité, il y a une étape essentielle que l'on ne peut ignorer : **l'introspection**. En voici la définition officielle d'après le Larousse : « Observation méthodique, par le sujet lui-même, de ses états de conscience et de sa vie intérieure. »

Alors dit comme ça, j'avoue, ça ne semble pas être la chose la plus excitante au monde MAIS je n'ai pas dit mon dernier mot. Parce qu'en plus de paraître une activité barbante au possible, on lui a collé d'autres étiquettes… On peut parfois entendre que l'introspection est une chose très sérieuse et plutôt contraignante. Pour certains, être en pleine introspection reviendrait à être égocentrique. Pour d'autres, c'est « celle dont on ne doit pas prononcer le nom » tellement il impressionne et fait peur…

Alors qu'en est-il vraiment ? Faut-il partir en retraite pendant des semaines pour faire une réelle introspection ? La réponse est NON. L'introspection peut être aussi simple que :

- écrire ce que vous avez sur le cœur dans votre journal le matin ;
- faire le point sur vos objectifs en cours en écoutant le bruit des vagues ;
- vous connecter à vos besoins pour savoir ce que vous souhaitez faire à l'approche des vacances ;
- siroter une boisson fraîche en naviguant dans vos pensées ;
- marcher en pleine nature en ressentant profondément chaque émotion ;
- méditer, n'importe où ;
- s'allonger et écouter de la musique ;
- enfoncer ses pieds dans le sable/la terre afin d'être connecté et ancré.

Et ce n'est pas une liste exhaustive ! Tous ces moments, durant lesquels vous vous retrouvez en tête-à-tête avec vous-même, vous permettent de mieux connaître la personne que vous êtes, vos besoins, vos énergies du moment, mais pas seulement.

1 - Introspection : une merveilleuse aventure

Comme l'état de notre monde intérieur influence notre monde extérieur et nos relations, l'introspection aide à mieux vivre avec les autres en étant connecté à sa compassion. Elle permet également de réagir aux imprévus avec plus de calme. Et puis, l'étude de notre monde intérieur est la façon la plus efficace de préparer le terrain pour passer à l'action avec confiance, car ça permet de faire le point et d'être au clair avec soi-même.

Pour aller toujours plus loin : l'introspection est aussi une merveilleuse façon de décrypter où on en est dans son équilibre des énergies, voir page 58.

Vrai/Faux

- Introspection signifie « observation de sa vie intérieure » .... V / F
- L'introspection est quelque chose qui peut être fun .... V / F
- Ses effets bénéfiques ne touchent que la personne en introspection .... V / F
- L'introspection permet de prendre confiance en soi .... V / F
- Cette pratique est une étape essentielle pour se connecter à sa spiritualité .... V / F

Pratique

Installez-vous confortablement dans un endroit au calme. Vous pouvez lire le texte à haute voix tout en l'enregistrant sur votre téléphone pour le vivre ensuite avec les yeux fermés ou alors visualiser tout en lisant et en notant ce que vous voyez au fil des mots qui défilent.

Ce petit jeu de visualisation va permettre de naviguer en vous et de faire des découvertes surprenantes. Plus il y aura de détails, plus la suite sera intéressante. Faites une pause à chaque symbole « >> » pour prendre le temps de mémoriser ce que vous voyez lors de votre visualisation.

- Imaginez que vous vous trouvez sur un chemin et que vous marchez. Prenez le temps de découvrir si ce chemin est plutôt droit, sinueux, en côte ou alors en pente.

>>

- Vous continuez à marcher et un lézard traverse rapidement le chemin et finit par disparaître.

>>

- La nuit tombe. Alors vous entendez un loup qui hurle au loin. Vous prenez le temps d'observer la lune qui brille et qui couvre de son aura de lumière tout le paysage.

>>

- Puis le jour se lève. Vous continuez à marcher. Un animal arrive et commence à marcher à vos côtés. Vous passez un moment ensemble l'un à côté de l'autre.

>>

- Alors, au détour d'un virage, une maison apparaît. Vous prenez le temps de la découvrir et de l'observer.

>>

- Vous décidez de vous en approcher et vos yeux sont attirés par une clé au sol. Que faites-vous ?

À votre journal !

1 - Introspection : une merveilleuse aventure

- **Le chemin**

Comment est ce chemin ? Est-ce que vous êtes en ville, à la campagne, dans une forêt, en bord de mer ? Plutôt droit, sinueux, en côte ou alors en pente ? Votre marche est-elle rapide, lente, aisée ou difficile ?

- **Le lézard**

De quelle couleur est-il ? Avez-vous envie de vous attarder sur celui-ci ? Peut-être même de le suivre ?

- **Le loup**

Que ressentez-vous ? Avez-vous peur ? Ressentez-vous l'envie de l'accompagner dans son hurlement ? Quelle pensée vous vient à l'esprit ?

- **La lune**

Que ressentez-vous à la vue de la lune ? Prenez-vous le temps de l'observer ?

- **La maison**

Comment est-elle ? Prenez le temps de découvrir son aspect et sa taille. Que ressentez-vous quand vous la voyez ?

- **La clé** 

Avez-vous ramassé la clé ?

Chapitre 2

Mettez de la magie dans votre quotidien : routine *vs* rituels

Parlons routine et rituels et voyons voir ce qu'il se cache derrière ces mots…

Le mot routine fait référence au fait d'avancer dans la vie sans être en pleine conscience, sans être connecté à ce que l'on fait. C'est être en mode automatique et déconnecté. Le fameux « métro-boulot-dodo ».

Les rituels, eux, permettent de mettre en place tout ce qui fait partie de notre quotidien, mais en étant cette fois-ci pleinement conscients de chacun de nos actes. C'est donner du sens à ce que l'on fait et continuer à être aligné à soi-même chaque jour.

C'est assez marrant parce que souvent, quand je parle de rituels au détour de conversations, on me regarde parfois comme si c'était un truc spirituel New Age. Mais c'est tellement loin d'être le cas. Les rituels existent et ont rempli la vie de milliers de générations depuis la nuit des temps. Ce sont des traditions anciennes auxquelles on peut se reconnecter par le biais de notre **intuition**.

Avoir mes rituels, c'est ce qui m'a permis d'avoir été plus ou moins alignée avec mes aspirations et mon essence même. D'ailleurs, vous pouvez être certain que les jours où je me sens moins alignée sont les jours où j'ai pris de la distance avec mes rituels. Mais c'est ça qui est beau. Se perdre pour mieux se retrouver. Il est tellement bon de retourner à ses habitudes sacrées après s'en être éloigné. Ce sont toujours des retrouvailles qui remplissent le cœur de bonheur et de tant de gratitude. C'est magique. Nous ne sommes pas des êtres linéaires. Perdre son chemin pour le retrouver est LA danse de la vie. C'est ce qui fait de nous les êtres humains que nous sommes.

2 - Mettez de la magie dans votre quotidien : routine *vs* rituels

Les bénéfices des rituels

Vous vous sentez ancré dans votre vie car elle prend plus de sens.

Votre taux vibratoire augmente et permet de vibrer à l'unisson avec l'Univers.

Vous êtes plus connecté à votre moi profond et votre intuition.

Vous devenez aligné et la dynamique de ce qui se passe autour de vous se transforme positivement. Les événements se mettent en place de manière plus fluide, vous êtes plus vif et alerte aux signes et à la synchronicité. Vous vous écoutez.

Voyons voir comment mettre en place vos propres rituels dans les pages qui suivent...

Première chose : créer du temps pour soi

On a tous 24 h dans une journée. En dormant 8 h et en étant présent 8 h sur notre lieu de travail, il nous reste 8 h. Allez, on enlève 2 h pour les trajets, ce qui fait qu'il vous reste 6 h pour vous, vos projets, votre famille ou vos amis. N'est-ce pas merveilleux tout ce temps libre ? Encore faut-il bien s'organiser pour en profiter au maximum !

• Faisons le point grâce à un exercice super simple qui vous permettra d'y voir plus clair concernant le temps dont vous disposez pour vous et rien que vous. Cet exercice vous permettra de prendre du recul sur votre vie.

Mais avant de passer directement à la pratique, voici une réflexion qui, je pense, vous fera réfléchir : saviez-vous qu'environ la moitié de nos actes se répète chaque jour ? Ce sont donc nos habitudes qui déterminent une grande part de ce que nous sommes. On pourrait même créer un dicton : « Dites-moi quelles sont vos habitudes, je vous dirai qui vous êtes. » Ça fait réfléchir, n'est-ce pas ?

Listez toutes vos habitudes, sans exception, pour ne pas en oublier une seule. Imaginez une journée « type » du réveil au coucher. Les bonnes et les moins bonnes sont toutes à mettre sur papier. Tâches, activités et même vos pensées !	Listez celles que vous pouvez déléguer, car oui, vous pouvez vous faire aider et non ce n'est pas un signe de faiblesse, mais d'intelligence et d'esprit d'équipe.	En relisant les listes des deux précédentes colonnes, listez les habitudes que vous ne voulez plus dans votre vie et notez-les dans un endroit spécial pour pouvoir y revenir.
....	....	....
....	....	....
....	....	....
....	....	....
....	....	....
....	....	....

Si vous commencez à angoisser, car vous vous rendez compte que vos habitudes ne vous conviennent pas du tout, respirez un bon coup. Vous êtes en train d'y remédier.

C'est extrêmement important de commencer par cela, car ça va vous permettre d'épurer votre vie et de créer du temps pour les choses qui ont du sens pour vous. Sachez qu'il faudra y revenir régulièrement. Pour changer des habitudes, il s'agit d'en prendre conscience et de vérifier régulièrement que ce que l'on fait fonctionne.

Et ce temps que vous allez créer, il sera là rien que pour vous et pas pour autre chose. Vous, vous et rien que vous et les rituels qui donneront du sens à votre vie !

2 - Mettez de la magie dans votre quotidien : routine vs rituels

Comment mettre en place des rituels ?

Rien de compliqué, vous allez voir. Il suffit de se reposer sur deux piliers :

- leur sens et leur symbolique pour VOUS ;
- le bien-être qu'ils apportent dans votre vie, car ils doivent nourrir votre âme et, comme j'aime le dire, faire chanter votre cœur.

Répondez à ces quelques questions pour déterminer des pistes afin de créer vos rituels sur-mesure :

1. Avez-vous l'impression de penser à 1 000 choses en même temps, tout le temps ?	**2. Qu'est-ce que manger représente pour vous ?**
o Oui, ça ne s'arrête jamais et m'épuise.	o La nourriture et moi, c'est une grande histoire d'amour.
o Non, je me sens serein au quotidien.	o Je mange pour m'alimenter.
....	....
3. Quel est votre rapport à l'eau ?	**4. Vous avez l'impression que votre vie va...**
o Je pourrais y rester des heures.	o Trop vite.
o Pas vraiment mon truc.	o Pas assez vite.
....	....
5. Vous sentez-vous connecté à votre corps ?	**6. Êtes-vous sensible à la beauté et à l'esthétique des choses ?**
o Oui, j'en prends soin.	o Oui, j'aime prendre le temps de magnifier chaque moment.
o Non... Et j'évite d'y penser.	o Non, pas vraiment.
....	....
7. Vous sentez-vous connecté à votre intuition et à l'Univers ?	**8. Êtes-vous attachés aux traditions ?**
o Oui o Non	o Oui o Non
....	....

Chapitre 3

Synchronicités : les signes qui nous mettent sur la voie

Avant de parler de **synchronicité**, il est important que vous ignoriez votre mental qui vous ramènera continuellement vers des notions de coïncidences, d'erreur ou de hasard. C'est bon, vous êtes prêt ?

Les synchronicités, ce sont ces moments magiques et hors du temps où tous vos poils se hérissent, car vous comprenez sans qu'il n'y ait forcément de sens. Parce que, là est toute l'importance, ces événements qui peuvent vous sembler hasardeux, sont reliés par le sens, et non pas par la cause. Ils se manifestent au parfait moment et, comme par magie, permettent d'avancer. Les synchronicités peuvent parfois provoquer un tel bouleversement en vous que votre vie se transforme.

Une synchronicité, concrètement, ça ressemble à ça :

- Un matin, vous pensez à quelqu'un et vous rencontrez cette personne dans la journée alors que ça faisait des années que vous ne vous étiez pas vus.

- Vous vous baladez dans une librairie et LE livre qui détient la clé dont vous avez besoin est là, à vous attendre, posé nonchalamment sur l'étagère.

- Vous tombez en panne un matin et vous entendez à la radio qu'un terrible accident a eu lieu à l'heure à laquelle vous auriez dû être sur le lieu.

- Un insecte ou un animal vient vous rendre visite à plusieurs reprises et son message vous touche profondément.

- Vous faites face à une opportunité qui arrive trop tôt selon vous, mais que vous ne pouvez refuser, et ça transforme complètement votre vie et vous permet de réaliser votre mission de vie.

Cette ouverture aux synchronicités et ce changement de perspective sur la vie permettent de :

- regarder votre histoire passée différemment, d'y voir des cadeaux dans chaque supposé « obstacle » ;

- comprendre la puissance et le pouvoir créateur de vos pensées et vous permettra donc d'avoir une première connexion avec la loi d'attraction ;

- sentir une profonde connexion à son intuition.

3 - Synchronicités : les signes qui nous mettent sur la voie

LE SAVIEZ-VOUS ?

Le mot « synchronicité », qui est couramment utilisé, n'existe pas dans le dictionnaire ! C'est Carl Jung qui l'a inventé et l'a défini comme « la manifestation simultanée de deux événements reliés par le sens, mais pas par la cause », suite à la célèbre anecdote du scarabée lors d'une consultation avec une patiente. La patiente racontait un rêve où on lui offrait un bijou en forme de scarabée. Et c'est à cet instant qu'une cétoine dorée se mit à taper contre la vitre du bureau pour rentrer dans la pièce. Jung ouvrit la fenêtre, saisit l'insecte et dit à la patiente stupéfaite : « Le voilà, votre scarabée ! »
La patiente, qui était très rationnelle, reçut un choc qui lui permit d'avancer dans son travail d'analyse.

Le vrai/faux

Les affirmations suivantes sont-elles vraies ou fausses ?

- Le mot synchronicité a été inventé par Freud. .... V / F
- Une synchronicité est due au hasard. .... V / F
- Certaines synchronicités peuvent changer le cours de votre vie. .... V / F
- Elles permettent de trouver du sens à son passé. .... V / F
- S'ouvrir aux synchronicités permet d'expérimenter le pouvoir de la pensée et la loi d'attraction .... V / F

Accueillir les synchronicités :

Pour vous détacher du mental et accepter que les synchronicités fassent partie de votre quotidien, listez 10 synchronicités qui vous sont arrivées et qui vous viennent à l'esprit, de manière spontanée :

1.	2. ....
3.	4. ....
5.	6. ....
7.	8. ....
9.	10. ....

Maintenant que le mental n'a plus d'influence, votre mission : observez les synchronicités à venir !

Gardez l'esprit ouvert et soyez attentif à votre environnement, les synchronicités pouvant prendre la forme d'une discussion, d'un évènement précis ou d'un enchaînement de circonstances. Mais aussi de messagers comme : les plumes que l'on trouve sur notre passage, d'animaux ou insectes que l'on voit à répétition dans un court laps de temps ou d'heures miroirs qui reviennent tout le temps, pour nous délivrer un message en particulier.

→ 3 règles d'or :

- N'essayez pas de rationaliser ce sentiment que vous ressentez en vous lorsque vous faites face à une synchronicité et que vous savez.

- Ressentez ce que ça fait résonner en vous et n'hésitez pas à être curieux pour découvrir le message caché d'un symbole, d'un animal, d'un insecte ou d'une heure miroir (qui ne sont que quelques exemples).

- Soyez reconnaissant de ces moments magiques et partagez-les avec vos proches si vous le souhaitez.

Jeu où l'on relie les points pour former un scarabée :

Comprendre les synchronicités de sa vie, c'est donner du sens à son passé en reliant les points. À vous de jouer et de relier les points !

Prolongez cette connexion à votre intuition et à toutes les synchronicités de votre vie en coloriant ce magnifique messager. (Le scarabée symbolise la renaissance et un nouveau cycle à venir.)

Chapitre 4

L'ennui ouvre des portes auxquelles on ne s'attend pas

Vous l'aurez compris, j'aime vous inviter à voir la vie sous une perspective différente. Et c'est dans **l'ennui** que je vous invite à plonger dès maintenant. Oui, oui, vous avez bien lu... L'angoisse vous a saisi ? Vous n'êtes pas seul, la plupart des gens évite l'ennui comme la peste.

« Ennui. Rien n'est si insupportable à l'homme que d'être dans un plein repos, sans passions, sans affaires, sans divertissement, sans application. Il sent alors son néant, son abandon, son insuffisance, sa dépendance, son impuissance, son vide. »

Blaise Pascal, *Pensées*

À l'aise Blaise (désolée, je n'ai pas pu m'en empêcher) ! Ce cher philosophe (entre autres) nous fait un portrait plutôt véridique et ne mâche pas ses mots.

Et il a raison, l'ennui a tellement mauvaise presse... Dans notre société actuelle, tout va extrêmement vite. On vise la productivité, l'efficacité, la per-for-man-ce. Alors s'ennuyer n'est pas vraiment au programme. Et pourtant, l'ennui pourrait nous ouvrir des portes auxquelles on ne s'attend pas. Mais lesquelles ? Vous allez voir, s'ennuyer possède d'immenses bénéfices.

- Avant toute chose, s'ennuyer permet de lâcher prise et de créer de l'espace en soi. L'ennui est une porte d'entrée pour être en résonance avec la terre et accueillir le murmure du monde. S'ennuyer (et l'accepter) nous permettrait donc de prendre le temps de ressentir cette connexion à notre environnement et à notre planète.
- Mais pas seulement, s'ennuyer permet aussi de se placer dans une posture, plutôt rare, de profonde écoute de soi (de la pure **introspection**).

C'est dans ces moments où l'on ne fait rien qu'émergent souvent une frustration, une peine, une joie intense. Et l'ennui donne l'opportunité de les vivre jusqu'au bout, sans chercher à fuir en s'évadant grâce à un quelconque divertissement. Et vivre ses émotions en pleine conscience permet de guérir de tant de maux et blessures ou de faire grandir la gratitude.

- L'ennui apporte aussi le cadeau qu'est... la **créativité**. Car mettre son cerveau en pause permet tout simplement de laisser la place aux émotions et à l'intuition (l'âme) de s'exprimer... Ne rien faire est donc une parfaite façon de développer sa créativité tout en se reposant et en se ressourçant. Mais surtout, cela nous permet de nous connecter à notre essence profonde et d'en voir émerger la lumière.

Il est donc essentiel de s'ennuyer dans la vie afin de vivre sa spiritualité dans la joie et la surprise car on ne sait jamais ce qui émergera de ces moments !
Alors arrêtez de faire, de temps en temps, et apprenez à vous ennuyer pour ÊTRE, tout simplement !

4 - L'ennui ouvre des portes auxquelles on ne s'attend pas

À noter

Gardez à l'esprit que, plus nous sommes occupés, moins nous laissons de place à notre âme dans notre quotidien. De plus, si on ne développe pas ces moments d'ennui, notre cerveau est en permanence en activité, et c'est l'une des causes de la dépression ou de l'hyperactivité. Alors vous ennuyer est réellement une question vitale pour votre santé mentale et spirituelle.

Vous l'aurez sûrement deviné, l'exercice que je vous propose est de vous ennuyer. Je dirais même que je vous défie de ne pas tourner la page pour passer au sujet suivant !
Je vous imagine, le cahier entre les mains, le visage interloqué, pris de court, ne sachant comment vous y prendre... « Mais qu'est-ce qui prend à Leona de demander ça, j'sais pas comment faire moi... »

• **Alors voici un petit mode d'emploi pour apprendre à s'ennuyer :**

1. Créez les conditions parfaites pour vous ennuyer : éteignez votre téléphone, tous vos écrans et créez votre bulle.

2. Prenez le temps de vous ennuyer. C'est important ! Je m'explique : dès les premières secondes où vous allez ressentir l'ennui, vous allez avoir tendance à vouloir le combler en vous divertissant. La clé, ici, est d'éviter de combler cette « frustration » tout de suite.
Ça peut ne pas être évident, car s'ennuyer revient à sortir de notre zone de confort à notre ère actuelle. Il est donc important que vous acceptiez de ne rien faire pendant un moment.

3. Une fois le moment de désarroi passé, la rêverie pourra commencer à prendre place. Peut-être même la méditation ?

• **Voici des idées pour vous ennuyer. Vivez chaque instant en pleine conscience et prenez des notes sur vos ressentis.**

1. Assis dans un endroit calme, prenez contact avec votre propre présence et plongez en vous-même. (C'est un moment d'introspection dans lequel je vous invite, bien vu !) Durant ce temps de recueillement, fermez les yeux et écoutez votre respiration. Entendez et ressentez les battements de votre cœur. Célébrez ce moment de retrouvailles avec vous-même et délectez-vous du simple fait d'être en vie.

→ Mettez à l'écrit votre ressenti :

....

....

2. Rendez-vous dans un endroit plutôt vaste dans la nature (dans lequel vous ne risquez pas votre vie si vous vous perdez) et marchez en silence tout en écoutant les bruits de la nature, les murmures du vent. Pas de plan, pas d'objectif : flânez, tout simplement.

→ Mettez à l'écrit votre ressenti :

....

....

3. Puis, avec un proche, activez cet espace d'ennui pour l'entendre au-delà des mots sans vous précipiter lui répondre. Soyez dans une écoute bienveillante et observez ce qui change dans votre relation.

→ Mettez à l'écrit votre ressenti :

....

....

4 - L'ennui ouvre des portes auxquelles on ne s'attend pas

• **Quand on allie ennui + synchronicité + introspection + rituel, ça donne ce petit moment sacré… Quel est le premier mot que vous voyez dans la grille ci-dessous ?**

Prenez le temps de vivre ce moment et de ressentir ce que le premier mot qui saute à vos yeux vous évoque.

X	A	M	G	R	A	T	I	T	U	D	E	M	E	M	O	T	I	O	N
N	S	U	F	Y	V	R	H	D	T	C	E	I	C	U	T	C	J	D	M
U	T	N	T	M	O	E	E	E	R	H	I	O	R	A	M	O	U	R	A
A	R	I	C	E	Y	S	R	N	I	A	N	F	I	G	I	L	X	F	G
G	O	V	O	N	A	P	O	N	S	M	T	L	R	K	G	E	A	B	I
E	L	E	N	T	G	I	I	U	T	A	E	E	E	G	C	R	H	R	E
C	O	R	N	A	E	R	N	I	E	N	N	U	L	I	B	E	R	T	E
P	G	S	E	L	B	E	E	E	S	I	T	R	T	U	T	Y	F	E	E
L	I	F	X	A	C	R	A	F	S	S	I	L	E	N	F	A	N	T	T
U	E	M	I	B	R	V	M	R	E	M	O	Y	M	B	L	L	A	I	R
M	F	M	O	E	E	Z	E	U	H	E	N	U	P	J	O	U	E	R	E
E	V	U	N	S	A	D	D	S	T	P	U	I	S	A	R	N	Z	B	A
Ç	A	S	V	O	T	A	I	T	S	O	L	I	T	U	D	E	E	J	L
N	L	I	T	I	I	N	T	R	O	S	P	E	C	T	I	O	N	H	C
A	E	Q	L	N	V	M	A	A	R	I	T	U	E	L	G	S	E	Q	H
T	U	U	I	S	I	U	T	T	F	A	U	D	A	C	E	T	R	T	I
U	R	E	R	C	T	F	I	I	E	T	O	I	L	E	S	I	G	A	M
R	S	P	E	N	E	V	O	O	F	E	U	V	I	V	R	E	I	R	I
E	R	I	K	Ç	I	I	N	N	C	Y	C	L	E	A	U	P	E	O	E
A	Q	D	Y	S	P	I	R	I	T	U	A	L	I	T	E	K	O	T	S

Chapitre 5

Méditer pour apaiser le mental et trouver la sérénité

Devinez le nombre de pensées que vous avez par jour. Dites un nombre, spontanément, comme ça !

Chaque jour, vous avez entre 60 000 et 80 000 pensées qui vont et viennent dans votre cerveau. Et à chaque fois, ce sont des pensées liées à un événement du passé (souvenir) ou alors à un événement du futur (désir). Je vous laisse passer en revue vos dernières pensées, vous allez voir... Alors ? Impressionnant, n'est-ce pas ? Souvenirs-désirs, passé-futur... Il peut être si facile de se retrouver coincé dans ce cercle vicieux, sans même s'en rendre compte. Et une question se pose pourtant : où est passé l'instant présent dans tout ça ?

C'est là que la méditation est révolutionnaire. Pour la petite anecdote étymologique, « méditer » vient du latin *meditare* qui signifie « contempler ». Méditer est donc une façon de contempler ce qui se passe en soi en calmant les turbulences de son discours intérieur et ce n'est pas tout... Une fois cette sérénité revenue, on se sent aligné (ou en tout cas on obtient les réponses sur les façons de le devenir) et plus que jamais connecté à l'Univers.

Et bonne nouvelle, tout le monde peut méditer, n'importe où, et c'est gratuit !

Si vous pensez « Mmmmh non, la méditation n'est pas pour moi. Je ne peux pas rester en place », je peux vous assurer que, justement, vous allez adorer méditer.

Pourquoi commencer à méditer (ou continuer) ?

Pour réduire votre stress effectivement, mais ce n'est pas tout !

- Vous apprendrez à être dans l'instant présent et à mieux profiter de la vie.
- Vous améliorerez votre concentration et serez plus efficace et productif.
- Cela vous permettra d'avoir une meilleure connexion corps/esprit afin de maximiser vos journées et vos entraînements sportifs/yoga.
- Vous aurez une nouvelle perspective sur la vie, ressentirez plus de bienveillance, et une meilleure connexion à vous-même et à l'Univers.

5 - Méditer pour apaiser le mental et trouver la sérénité

Bonus : méditer améliore le sommeil et l'état de santé général grâce à un renforcement du système immunitaire ! De plus en plus d'études scientifiques s'intéressent aux bienfaits de la méditation, car elle permet également d'améliorer l'état de santé général en réduisant notamment les risques de maladies cardio-vasculaires. C'est donc une pratique bénéfique sur tous les plans.

Quelques conseils avant de passer à la pratique :

1. Pour que ça se passe bien, sachez qu'il ne faut pas stresser à l'idée de penser. **Penser** est totalement normal. Quand vous méditez, particulièrement la première fois, vous allez remarquer que vos pensées vont commencer à affluer et vous déconcentrer. N'ABANDONNEZ PAS. Votre but ? Les observer et les laisser s'éloigner en vous reconcentrant sur votre respiration. J'aime imaginer mes pensées telles des bulles de savon qui passent devant moi, qui s'éloignent et qui finissent par éclater au loin.

À noter : faire appel à son enfant intérieur est la meilleure chose à faire ici afin de vivre ce moment de méditation dans la joie.

2. Attention au perfectionnisme et à l'excitation à l'idée de méditer durant des heures ! Quelques minutes par jour est la meilleure option. Même si vous n'avez que 5 minutes. Il est mieux de méditer 5 minutes par jour qu'une heure tous les dimanches par exemple. Choisissez l'une de vos musiques favorites et laissez-vous transporter !

3. Enfin, dernier point, sachez que vous n'avez pas besoin d'être dans le silence total pour méditer. Au contraire, méditer avec du bruit permet de rester connecté au monde. Le monde bouge, il y a de la vie partout, et même quand on est seul au monde, la nature fait du bruit, le bois travaille, etc. Donc ne vous empêchez pas de méditer s'il y a du bruit autour de vous. Au contraire !

Pratique : comment vous y prendre ?

Il suffit simplement de vous asseoir confortablement (au sol, dans votre lit, sur un coussin ou une chaise), de fermer les yeux et de vous concentrer sur votre respiration.

Ralentissez légèrement votre respiration et concentrez-vous sur la sensation de l'air qui rentre et qui sort par vos narines. Des pensées et des idées traversent sans cesse votre esprit ? Ne luttez pas, revenez tout simplement à votre respiration et laissez-les aller. Pensez aux bulles de savon ou trouvez votre propre technique !

- **Je vais maintenant partager avec vous quelques techniques qui vont vous permettre de méditer plus facilement.**

→ Pour vous sentir ancré

L'assise est importante : jambes croisées, genoux fléchis et tibias rassemblés avec les talons sous les fesses, assis sur un bloc si vous avez tendance à avoir des fourmis dans les jambes après quelques minutes. Je recommande de toute manière d'élever légèrement ses fesses quand on débute si on est assis en tailleur.

Ensuite, voici mon astuce : exécutez un mouvement de pendule (de droite à gauche ou d'avant en arrière) avec votre corps pour vous ancrer sur les os de vos fesses et commencer à faire le vide. Faire ce mouvement vous permettra de vous détendre (comme le mouvement de nos parents qui nous berçaient quand on était bébé).

→ **Observez où se situent les mouvements de votre respiration.**

Très souvent, vous verrez que votre respiration se déroule au niveau de votre poitrine. C'est la respiration de l'action. Et dans notre société, c'est la respiration qui a pris le pas sur notre respiration naturelle de base qui se déroule normalement avec notre diaphragme, donc dans notre ventre.
Prenez le temps d'amener consciemment votre respiration dans votre ventre.

À l'inspiration, votre ventre se gonfle et à l'expiration, votre ventre revient à sa position initiale.
- Si jamais vous avez des douleurs lorsque vous êtes assis et que vous commencez à être absorbé par vos pensées, je vous propose de tester la technique de mon maître yogi. Provoquer l'inconfort, voire une légère douleur en pinçant la peau qui se situe entre le pouce et l'index pour vous recentrer.

→ **Enfin, voici ce que je conseille de faire si vous avez vos pensées qui partent dans tous les sens : la méditation du cygne.**

Il s'agit d'un mouvement de bras tout simple accompagné du mantra Ham Sa.

- Amenez vos bras au-dessus de votre tête.
- **Ham**, les bras vont vers la terre - tout en inspirant,
- **Sa**, les bras vont vers le ciel - tout en expirant.

Prononcer le mantra Ham Sa signifie « Je suis dans l'instant présent ».
La vibration du mantra connecte au cœur.

5 - Méditer pour apaiser le mental et trouver la sérénité

• **Autres exercices pour aller plus loin, à réaliser chez soi ou en pleine nature pour toujours plus de fun et de joie !**

→ Connexion corps/esprit

Vous pouvez tester la technique du « Body scan » pour rester connecté au mieux à l'instant présent.

Visualisez chacune des parties de votre corps en partant des pieds et en remontant jusqu'à ta tête.

N'allez pas trop vite, prenez le temps de ressentir chacun de vos muscles et chacune de vos articulations. Une fois que vous êtes au niveau de la tête, descendez à nouveau jusqu'à vos pieds, en prenant le temps. N'oubliez pas de respirer profondément et paisiblement. Cela peut prendre jusqu'à 20-30 minutes.

Visualisation des chakras

Visualisez chaque chakra comme une roue colorée. Commencez par le premier chakra et remontez lentement. (Scientifiquement, chaque chakra correspond à un organe vital.)

	Le chakra de la base Situé entre l'anus et les parties génitales.	Symboles : volonté de vivre, instinct de survie, sécurité, argent.
	Le chakra du hara Situé au niveau du ventre.	Symboles : force vitale, joie de vivre, sexualité et désir d'aller de l'avant.
	Le chakra du plexus solaire Situé au niveau du plexus solaire.	Symboles : siège des émotions, affirmation de soi, pouvoir, ego.
	Le chakra du cœur Situé au niveau du plexus cardiaque et de la poitrine.	Symboles : amour de soi et des autres, paix, sympathie, indulgence, pardon, confiance, compassion, amour inconditionnel.
	Le chakra de la gorge Situé au niveau de la gorge.	Symboles : communication, créativité, vérité.
	Le chakra du 3e œil Situé au niveau du glande pinéale entre les deux sourcils.	Symboles : connaissance de soi, intuition, clarté, discernement, éveil.
	Le chakra coronal Situé sur le sommet de la tête.	Symboles : spiritualité, sagesse, connaissance de soi, pureté, conscience de l'âme.

Chapitre 6

Réveillez votre enfant intérieur !

Le quotidien peut souvent devenir un piège à adultes. J'entends par là que l'on peut avoir tendance à devenir trop sérieux et à même oublier de s'amuser...

L'excuse que tout le monde utilise : « J'ai pas le temps. » Eh bien moi je réponds « Même pas vrai ! », en tirant la langue en bonne gamine que je peux être, et parce que j'ai aussi envie de vous faire sourire. Plus sérieusement, comment ça vous n'avez pas le temps ? Même pas 5 minutes ?

Voici une citation de Tony Robbins que j'adore qui mettra un point final à cette excuse concernant le temps : *« Si tu n'as pas 5 minutes par jour, tu n'as pas de vie. »*

Et 5 minutes par jour, rien que pour s'amuser, peuvent transformer une vie ! Bien souvent, les 5 minutes se transforment en 15 ou 30 minutes, voire en une à plusieurs heures. Si vous êtes dubitatif, je vous invite à vous adresser au meilleur des coachs en ce domaine... Vous avez pensé à moi ? C'est très gentil, mais j'ai encore mieux : votre enfant intérieur.

Il est si important d'écouter **l'enfant intérieur** qui continue de vivre en chacun de nous. Parce que cet enfant sait tout des instants magiques de la vie et il sait surtout comment s'a-mu-ser !

Les adultes que nous sommes ont tendance à l'étouffer ou à l'abandonner dans un coin, en priant pour qu'il soit sage. Mais ce que nous ne pouvons pas faire, c'est éteindre sa voix. Le faire taire signifierait ne plus voir la vie avec l'innocence et l'enthousiasme de l'enfance. Et à quoi bon vivre une vie sans cette magie qui fait chanter votre cœur ?

Au moment où vous lisez ces mots, il est temps de laisser les rênes à votre enfant intérieur. Chérissez-le et encouragez-le à s'exprimer. Lui, si proche de votre âme, sait bien plus de choses que vous ne pouvez imaginer. Des choses que vous souhaitez peut-être ignorer mais qui définissent pourtant profondément la personne que vous êtes.

6 - Réveillez votre enfant intérieur !

En restant en contact avec votre enfant intérieur, vous restez en contact avec la vie. C'est aussi simple que ça. Vous trouvez des solutions à des problèmes qui peuvent sembler ingérables... pour des adultes. Vous ouvrez les yeux sur la beauté qui vous entoure et vous vivez en pleine conscience des moments qui faisaient partie de votre routine, comme votre trajet pour aller au travail ou le moment du dîner. Vous faites grandir la gratitude en vous et vous considérez votre vie et vos proches différemment.

Alors, prêt à faire chanter votre cœur, TOUS LES JOURS de votre vie ?

Découvrez un exercice qui vous permettra de mettre une touche de fun dans chacune de vos journées sans exception !

Lors d'un de mes coachings, une cliente avait besoin d'un petit coup de pouce afin de retrouver le sourire tous les jours. J'ai tout de suite compris qu'elle avait besoin de prendre rendez-vous avec l'enfant en elle. Elle m'a alors inspiré un exercice que je mets en place avec absolument toutes mes autres clientes désormais : le jeu des petits papiers. C'est tout simple.

Au programme, reconnectez-vous à :

- l'insouciance et donc au lâcher prise ;
- à l'instant présent (oubliez le contrôle que vous essayez d'avoir sur la vie) ;
- à la joie ! Ne vous faites plus contrôler par vos peurs.

1. Écrivez absolument toutes les activités que vous aimiez faire quand vous étiez enfant et adolescent. Celles que vous aimez faire aujourd'hui aussi. TOUTES !

2. Classez-les par temps. Les activités que vous pouvez faire en 5-10 minutes, et celles qui prennent entre 30 minutes et plusieurs heures (selon votre emploi du temps).

3. Écrivez-les toutes sur des petits papiers que vous mettrez dans les bocaux, triés en fonction du temps que l'activité demande.

4. Tous les jours, tirez au sort une activité. Si « vous n'avez pas le temps », vous aurez toujours le bocal des activités de 5 à 10 minutes pour vous amuser ou retrouver le sourire.

À noter :

- Vous pouvez faire ça pour les week-ends et les vacances aussi, avec des idées d'activités sur une journée, des destinations et des visites dont vous rêvez.
- Ce qui est cool, c'est de créer un bocal pour faire des activités avec ceux que vous aimez. Ça pourrait vite devenir un rendez-vous de couple ou familial !

Laissez l'enfant en vous s'exprimer

Laissez jouer votre spontanéité et écrivez une lettre de l'enfant en vous à l'adulte que vous êtes devenu aujourd'hui, ci-dessous. Laissez couler votre plume.

- Que pense-t-il de la place que vous lui laissez dans votre vie ?
- Êtes-vous trop sérieux selon lui ?
- Voyez-vous la beauté du monde ?
- Êtes-vous connecté à votre imagination ?
- Est-ce que vous vous amusez ?
- Quels étaient vos rêves d'enfant et où en êtes-vous dans leur réalisation ?
- Quelle promesse êtes-vous prêt à lui tenir à l'avenir ?

....

....

....

6 - Réveillez votre enfant intérieur !

Pour vous aider à vous reconnecter à votre enfant intérieur

Je vous invite aussi à trouver une photo de vous étant enfant en train de faire l'activité que vous préfériez à l'époque !

Ça vous donne le sourire ? Gardez cette photo dans un endroit stratégique pour la voir tous les jours pour ne plus jamais ignorer votre âme d'enfant. Votre portefeuille, tableau de visualisation, frigo, table de chevet, à vous de jouer !

Mots croisés pour se reconnecter au monde de l'enfance

1. Objet appelé lance-tartines
2. Blessure
3. Chatouille
4. Sport dans la cour de récré
5. Moment que l'on souhaiterait sans fin
6. Ce qu'on préfère à l'école
7. Émotion que l'on ressent quand vient l'heure de la récré
8. Biscuit qui rappelle l'enfance selon Proust

Chapitre 7

L'audace d'être soi mène vers l'alignement

« Un jour, le Soleil et le Vent argumentent au sujet de leur force mutuelle. Qui était le plus fort ? Loin, plus bas, ils virent un homme qui marchait le long de la route. Il portait un lourd manteau.

- Faisons un concours pour voir qui d'entre nous peut enlever le manteau de cet homme, dit le Soleil.

- Cela sera très simple pour moi, dit le Vent avec vantardise.

Il souffla tellement fort que la poussière et les feuilles remplirent l'air. Les arbres commencèrent à se balancer. Mais plus le Vent soufflait, plus l'homme resserrait son manteau avec force. Éventuellement, le Vent abandonna la partie, épuisé.

Alors le Soleil sortit de derrière un nuage et commença à sourire. Pendant que le Soleil brillait de plus en plus, l'air devint plus chaud. L'homme, lentement, devint plus confortable et déboutonna son manteau. Éventuellement, il eut tellement chaud qu'il décida d'enlever son manteau et de se reposer sous l'ombre d'un arbre.

- Comment as-tu fait cela ? demanda le Vent.

- J'ai éclairé son chemin, répliqua le Soleil. Et par la gentillesse, j'ai obtenu ce que je voulais. »

Je tenais à partager ce célèbre conte d'Ésope avec vous, car il contient un message d'une telle puissance qu'il se suffit à lui-même pour démontrer ce qu'il se passe lorsque l'on est aligné avec soi-même.

Selon moi, rien ne sert de forcer. Il suffit seulement d'être aligné avec soi-même. Ce sera toujours la plus puissante des manières d'incarner la personne que l'on est, et de briller.

Je suis profondément convaincue que si chaque personne est en alignement avec elle-même, corps, âme, esprit, elle sera alors alignée avec sa mission de vie et ce qu'elle est venue apporter au monde. Et concrètement, plus de gens seront alignés avec eux-mêmes, plus le monde sera inspirant et plus le taux vibratoire sera haut. Rien de fou là-dedans, plutôt logique même !

7 - L'audace d'être soi mène vers l'alignement

Essayer de convaincre les autres de sa valeur ou de ses opinions est aussi vain que ce qu'il se passe quand le vent souffle. Alors que briller dans toute votre authenticité sera toujours la façon la plus naturelle de vivre en harmonie avec vous-même et les autres. Une manière inspirante qui entraînera d'autres personnes à briller tels de merveilleux soleils.

Ne rien forcer et « être », tout simplement.

Test pour briller de votre personnalité

Prêt à découvrir comment briller toujours plus fort et équilibrer vos potentiels ? Je vous donne des pistes pour alchimiser vos forces et vulnérabilités selon les résultats.

1. Qu'est-ce qui résonne le plus en vous ?

a. Découverte et changement
b. Organisation et contrôle
c. Défi et acomplissement
d. Générosité et bienveillance

2. On dit de vous que vous êtes...

a. Hyperactif
b. Un rien maniaque
c. Une vraie tête de mule
d. L'abbé Pierre/Mère Teresa

3. De super vacances s'annoncent...

a. Vous allez enfin pouvoir découvrir les nouvelles choses que vous n'avez pas eu le temps de faire jusqu'à maintenant !
b. Vous vous armez d'une liste des incontournables pour ne passer à côté de rien.
c. Enfin plus de temps pour vous dédier à votre passion ! (Peu importe laquelle : running, trek, yoga, lecture, peinture, chant, écriture, etc.)
d. Vive les moments en famille et entre amis !

4. Vous avez un super plan et BAM, un imprévu ! (Comme tomber en panne en plein milieu du désert. C'est du vécu, je vous assure !)

a. Vous vous dites que si ce n'est pas arrivé maintenant, c'est que ce n'était pas le bon moment.
b. Ça vous met hors de vous. Vous râlez et vous perdez vos moyens.
c. Vous ne lâchez rien et vous tentez de trouver une solution.
d. Vous téléphonez à votre famille et vos amis pour trouver du réconfort.

5. Quand vous regardez dans le miroir, vous voyez...

a. Une personne qui ne demande qu'à s'aimer mais qui ne sait plus comment s'y prendre. Vous avez l'impression d'avoir tout essayé.
b. Une personne qui a des objectifs et une to-do list pour les atteindre.
c. Une personne épanouie et bien dans ses baskets !
d. Votre sourire et c'est tout ce qui compte. Vous n'avez pas vraiment le temps de penser à ça, vous préférez aider vos proches dans leurs projets.

6. De quoi vous souciez-vous en permanence ?

a. De faire le bon choix
b. Du futur.
c. De ne pas être à la hauteur.
d. Du regard des autres.

7. Quand vous méditez...

a. Vous faites la guerre à vos pensées et vous finissez par abandonner.
b. Vous pensez à votre liste de courses...
c. Vous parvenez à laisser vos pensées disparaître et vous vous concentrez sur la musique de la playlist.
d. Vous ressentez beaucoup d'amour en vous.

8. Enfant, vous étiez...

a. Curieux.
b. Le chef (déjà !)
c. À l'affût de nouvelles aventures !
d. Toujours fourré avec vos potes, « à la vie, à la mort » !

9. Comment expérimentez-vous votre spiritualité au quotidien ?

a. Vous dévorez des livres sur la spiritualité pour en apprendre plus.
b. En tirant des leçons des synchronicités de la vie.
c. Grâce à la méditation.
d. Quand vous êtes en pleine nature.

Mots mêlés

Les 5 premiers mots que vous découvrez reflètent la personne que vous êtes.

E	T	Y	U	Ç	Ç	J	H	G	E	V	I	T	I	U	T	N	I	V	J
S	T	E	S	C	E	F	H	R	D	X	E	T	N	A	I	F	N	O	C
M	E	N	S	E	T	I	F	A	T	T	D	Y	N	A	M	I	Q	U	E
N	M	N	A	U	Y	H	U	Y	A	T	E	E	T	S	I	T	R	A	R
Ç	O	O	S	T	E	C	F	O	B	S	K	R	Ç	U	B	Z	T	Ç	L
H	K	Y	Y	I	T	I	T	N	N	P	B	R	M	K	I	Q	C	A	E
V	U	X	M	E	B	A	C	N	M	A	R	T	H	I	E	O	O	E	G
E	D	E	S	R	E	L	B	A	E	I	P	J	Ç	R	N	M	N	S	A
X	L	Z	D	E	L	S	E	N	D	T	N	E	E	N	V	E	N	U	S
V	R	L	U	I	Ç	S	U	T	N	U	I	Q	R	B	E	Ç	E	E	E
Z	U	A	E	R	A	O	T	E	E	S	A	Ç	B	Q	I	E	C	I	N
I	C	Y	E	U	G	U	Y	N	G	T	V	X	I	V	L	P	T	C	I
E	E	Q	L	T	T	R	O	P	E	A	I	V	L	T	L	K	E	U	C
E	G	E	L	N	E	I	A	X	O	D	R	S	G	H	A	C	E	O	E
R	A	Q	E	E	S	A	R	H	H	E	D	U	O	L	N	B	N	S	D
C	V	G	B	V	S	N	A	I	S	Z	T	A	O	R	C	T	Q	T	E
N	U	X	E	A	E	T	H	Q	P	W	Y	E	K	C	E	X	Z	T	M
A	A	S	R	P	E	E	D	U	Q	S	H	O	O	O	T	N	O	L	E
L	S	P	Ç	A	D	I	C	R	E	A	T	I	V	E	O	Ç	E	S	L
C	U	R	I	E	U	S	E	E	S	I	N	A	G	R	O	F	F	G	A

Chapitre 8

Prendre confiance en soi et accepter d'expérimenter sa spiritualité :

Être en alignement avec vous-même jusque dans votre âme et vivre votre spiritualité dans la joie, c'est vraiment ce que je souhaite que vous puissiez vivre au quotidien.

Je sais d'expérience que ça peut être compliqué d'être en paix avec sa spiritualité et que les tabous commencent parfois en vous-même. Une dualité compliquée à vivre, car vous arrivez souvent à douter de cette réalité qui n'offre pas de preuves, comme on l'entend depuis toujours en tout cas.

Vous ne pouvez pas voir avec vos yeux. Vous ne pouvez pas goûter avec vos papilles. Vous ne pouvez pas toucher avec vos mains. Vous ne pouvez pas entendre avec vos oreilles. Mais pourtant, vous savez. Vous savez que quelque chose de bien plus grand existe.

Malgré tout, le combat peut être féroce en vous. Les croyances limitantes ont du mal à lâcher l'affaire... Et ça peut aller du discours intérieur qui vous fait passer pour un dingue au refus de croire en vos ressentis, de décrypter les signes et synchronicités ou de simplement considérer votre spiritualité comme étant une partie de votre vie.

8 - Prendre confiance en soi et accepter d'expérimenter sa spiritualité :

Cette petite voix vous dit que vous êtes « perché », que vous inventez des synchronicités qui ne sont que de simples hasards... Celle qui vous ordonne de revenir à la réalité pure et dure (celle que vous pouvez toucher et voir de vos propres yeux) n'est en fait rien d'autre que votre peur qui parle. Parce que le mental n'a plus aucun contrôle quand il s'agit de ce qui est subtil et c'est donc la panique à bord.

Et c'est pour ça que ce cahier existe, ce chapitre en particulier. Je souhaite vous aider à prendre confiance en vous, en votre vision de la spiritualité et en vos ressentis.

Au-delà du fait que la physique quantique met de plus en plus de travaux en avant qui prouvent l'existence de l'énergie et bien d'autres choses fascinantes. Il y a tout simplement votre expérience qui existe et selon moi, il s'agit de la preuve la plus tangible qui soit, car c'est vous qui l'expérimentez.

La spiritualité est une expérience qui se vit et cette expérience a autant de valeur que de toucher un bout de bois. Elle se ressent tout aussi intensément. C'est seulement différent de tout ce que l'on apprend quand on est enfant.

Vous êtes nombreux à vivre ce combat à l'intérieur de vous-même alors voyons voir comment y remédier...

Dans un premier temps, je vous invite à définir votre propre spiritualité.

Ce que vous avez vécu jusqu'à maintenant, à travers les pages précédentes, vous a permis de renouer avec votre âme. C'était une façon de préparer le terrain.

Mettez votre musique préférée et appuyez sur « lecture ». Écrivez durant deux minutes sans vous arrêter, ni relire ou éditer quoi que ce soit en répondant aux questions suivantes :

- Qu'est-ce que ça signifie pour vous de vous appuyer sur une puissance supérieure ?

- Que ressentez-vous lorsque vous vous sentez connecté à l'Univers/la Source/Dieu/la Terre-Mère/Pachamama ?

- Comment expérimentez-vous cette connexion ? Est-ce par l'ouïe ? Est-ce visuel ? Est-ce une odeur ? Est-ce par les synchronicités ? Est-ce par le sentiment de savoir (l'instinct) ?

- Imaginez un monde où vous êtes en contact permanent avec cette puissante guidance. Qu'est-ce que ça vous fait ressentir ?

- Qu'est-ce qui peut avoir tendance à bloquer cette connexion ? Faites une liste.

- Quand vous sentez-vous le plus connecté ? Faites une liste.

- Quand certaines choses coincent dans votre vie, qu'est-ce que l'Univers essaie de vous dire ?

Bravo, vous avez mis le doigt sur l'essentiel de votre spiritualité. Vous allez maintenant vous relire et surligner tout ce qui vous fait profondément vibrer, ce qui vous permet de ressentir cette connexion magique à votre âme, ce qui vous émeut.

Ensuite, vous allez prendre toutes les notes surlignées et les assembler en un paragraphe. Puis épurez ce paragraphe pour que ce soit une belle phrase continue, ou bien plusieurs phrases, tant que chaque mot vous fait vibrer.

8 - Prendre confiance en soi et accepter d'expérimenter sa spiritualité :

Vous pourrez ensuite l'écrire dans un bel endroit sacré, votre tableau de visualisation par exemple (voir page 48).

....

....

....

....

Transformez vos croyances limitantes

Une croyance limitante est une pensée que vous considérez comme vraie... Alors qu'elle n'est qu'une pensée créée par vous-même, qui vous empêche de réaliser vos désirs et de vous épanouir.

Ces croyances limitantes proviennent de votre personnalité, de votre éducation ou de vos expériences passées. Elles semblent être des évidences et plus vous y croyez, plus vous attirez à vous des situations qui vont les renforcer.

Il est indispensable de les transformer pour réaliser vos désirs et avancer dans la vie en étant toujours plus aligné avec vous-même.

• **Voici des exemples de croyances limitantes concernant le fait de vivre sa spiritualité :**
- « La spiritualité, c'est pour les fous. »
- « C'est mon imagination, je ne ressens rien de réel. »
- « Pas de preuve, alors ça n'existe pas. »
- « Il faut garder les pieds sur terre, c'est dangereux. »

Comment combattre ses croyances limitantes ?

1. **Les repérer**

Repérer ses croyances limitantes n'est pas facile, car elles ne se distinguent pas clairement du reste des pensées. Je vous invite à voir les choses sous un angle différent.

Quelles frustrations vivez-vous dans votre développement spirituel et pour quelles raisons ? Qu'avez-vous tendance à vous dire ? Peut-être vous sentez-vous attiré par certaines choses, mais vous vous empêchez de les explorer ? Ça peut être une piste.

2. **Les transformer**

Listez 5 étapes que vous pouvez mettre en place pour créer une manière de penser plus positive et vous épanouir dans votre spiritualité ?

1. ....

2. ....

3. ....

4. ....

5. ....

Chapitre 9

Connectez-vous à votre joie et vivez la vie qui vous fait vibrer

Je le dis toujours, ma mission, c'est de vous permettre de créer la vie qui vous fait **vibrer**. Et ce n'est pas un hasard si j'emploie ce mot en particulier. Tout est vibration. L'Univers, vous, moi, ce cahier, votre appartement, les transports en commun, votre bureau, ce que vous mangez, mais pas seulement… Vos mots, vos pensées, vos émotions et vos actions vibrent également.

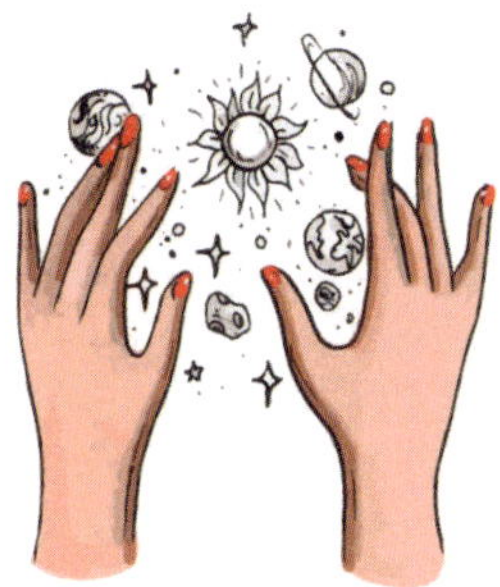

Pour que vous puissiez avoir une image et comprendre au mieux l'énergie dont je vous parle, vous pouvez imaginer une sorte de lumière qui irradie de l'objet ou de la personne.

À savoir : cette manière de rayonner est unique, elle possède en quelque sorte sa propre mélodie. Et il n'y a pas deux mélodies identiques au monde. Par contre, deux mélodies peuvent se ressembler et c'est là que l'expression « être sur la même longueur d'onde » prend tout son sens.

Pour rester dans la métaphore, les personnes qui vibrent bas sont telles de petites flammes, et voici ce qui atténue leur lumière : la peur, la colère, des événements traumatisants non guéris, la maladie, la dépression… Alors que les personnes qui vibrent haut sont tels des soleils et voici ce qui leur permet de briller si fort : un état d'esprit positif, la bienveillance envers eux-mêmes et les autres, une bonne santé, des relations harmonieuses et sereines, la foi… Ce ne sont que quelques exemples. J'aurais pu en citer tant d'autres, mais je pense que vous avez compris là où je veux en venir.

Votre **taux vibratoire** peut varier selon ce qu'il se passe dans votre vie : votre niveau d'énergie, les gens que vous fréquentez, les situations que vous vivez, etc. Donc si vous avez un taux vibratoire élevé, ça ne veut pas dire qu'il le sera tout au long de votre vie et vice versa. Il faudra entretenir tout ce qui vous permet de vibrer haut, au quotidien. C'est plutôt sympa comme activité, vous allez voir. On va aider votre soleil intérieur à briller toujours plus fort, ensemble, à travers quelques premières pistes que vous allez pouvoir mettre en place dans votre vie.

9 - Connectez-vous à votre joie et vivez la vie qui vous fait vibrer

À noter : ce qui peut empêcher d'élever votre taux vibratoire :

- L'ego et les croyances limitantes du type : « Je n'arriverai pas à changer, car j'ai toujours été comme ça. » Faux ! Vous pouvez transformer votre vie en veillant à élever votre taux vibratoire. Et tout le monde peut le faire, promis.

- Résister à votre intuition et éviter de vous diriger vers ce qui vous apporte du bonheur, sous prétexte que ce n'est pas ce que vous auriez fait habituellement. Sortir de sa zone de confort est bien souvent essentiel.

- Vous êtes dans une période de transition et vous vous sentez dans un tourbillon sans fin. Prenez le temps de faire le point, tout va finir par s'arranger. Il faut simplement que vous soyez 100 % en pleine conscience pour avancer.

LE SAVIEZ-VOUS ?

Alfred Bovis a trouvé une façon de mesurer ce « taux vibratoire », afin de mesurer le niveau des énergies subtiles qui se dégagent de toutes choses. Ce taux vibratoire peut être mesuré avec le biomètre Bovis, en unités Bovis (UB).

Avant toute chose, faisons le point. Vous avez l'impression de vibrer plutôt haut ou bas ces derniers temps ? Répondre à ces quelques questions permettra d'avoir des indications précieuses sur la façon dont vous pourrez vibrer plus fort. Car chaque personne est unique et vibre différemment, ne l'oublions pas.

→ **Cochez la réponse correspondante (oui ou non)**

Je suis en pleine santé.	Je me sens connecté à mon intuition.	Je suis sensible aux synchronicités et aux signes de la vie.
○ Oui ○ Non	○ Oui ○ Non	○ Oui ○ Non
Je me sens épanoui dans mon travail et je me sens utile.	Mes relations avec les autres sont harmonieuses.	Je vis dans l'abondance.
○ Oui ○ Non	○ Oui ○ Non	○ Oui ○ Non
J'ai le sourire quand je me réveille le matin.	Je vis une vie de plus en plus minimaliste.	Je communique facilement avec les autres.
○ Oui ○ Non	○ Oui ○ Non	○ Oui ○ Non
Je veille à manger le plus sainement possible et en pleine conscience.	Je sais pardonner.	Je me sens responsable de mes actes.
○ Oui ○ Non	○ Oui ○ Non	○ Oui ○ Non
Je me sens bien chez moi.	Je médite régulièrement.	Je suis au clair avec mes projets et ce qui me rend heureux dans ma vie.
○ Oui ○ Non	○ Oui ○ Non	○ Oui ○ Non
Je cultive les pensées positives.	Je ressens facilement de la gratitude pour ce que j'ai dans ma vie.	Je vis en paix avec mon corps et je suis souvent en mouvement.
○ Oui ○ Non	○ Oui ○ Non	○ Oui ○ Non
Je me sens rempli d'énergie et motivé.	On me dit souvent que j'ai bonne mine ou je le remarque dans le miroir.	Je vis dans la paix.
○ Oui ○ Non	○ Oui ○ Non	○ Oui ○ Non

10 pistes pour augmenter votre vibration au quotidien

- **Musique à haute vibration.** Se laisser porter par l'énergie de la musique, rien de plus magique. Ma préférée ? La musique à 432 Hertz qui est une fréquence harmonieuse et guérisseuse qui vient apporter de la douceur à notre champ vibratoire.

- **Les moments sacrés d'introspection comme lorsque vous vous connectez à l'Univers** permettent de connecter votre cœur à l'amour et d'augmenter votre taux vibratoire. Rendez-vous dans la partie « Mettez de la magie dans votre vie » page 10 !

9 - Connectez-vous à votre joie et vivez la vie qui vous fait vibrer

• **Rire et se connecter à son enfant intérieur.** À vos petits papiers pour vous connecter à votre enfant intérieur ! Rendez-vous page 26.

• **Ressentir de la gratitude.** Être heureux est un choix qui ne dépend pas forcément des éléments extérieurs mais de votre attitude, alors célébrez chaque instant. Rendez-vous page 42.

• **La connexion à la nature.** Rien de plus parfait que de se retrouver au cœur de la beauté à l'état pur, en se baladant en pleine nature. Rendez-vous page 20.

• **Évitez les situations qui vous angoissent** comme fréquenter régulièrement des personnes avec lesquelles vous ne résonnez pas ; les programmes TV anxiogènes ; les lieux que vous ne « sentez » pas.

• **Visez le minimalisme dans votre environnement.** Vivre dans un lieu rangé et épuré permet d'avoir l'esprit clair et léger. Un ménage de printemps est extrêmement bénéfique pour ne garder que les objets avec lesquels vous vibrez vraiment.

• **Réénergisez l'eau.** Buvez en visualisant la lumière de l'eau qui irradie ou bien placez votre bouteille sur un socle avec une fleur de vie gravée dessus, son onde de forme aura un impact positif sur votre eau. N'hésitez pas à découvrir les travaux du docteur Masaru Emoto pour en savoir plus.

• **Purifiez votre environnement.** Brûlez de la sauge blanche ou de l'encens après avoir fait un bon tri et avoir rangé.

Le top des aliments qui vibrent haut

• Légumes à feuilles vertes

• Fruits frais et jus maison

• Graines (citrouille, tournesol, sésame, chia...) et graines germées

• Herbes fraîches (persil, basilic, origan, ciboulette, thym, estragon, menthe...)

• Dattes, amandes, noix, olives mûres

• Produits fermentés (kéfir, choucroute crue, kombucha, pâte miso, tamari...)

• Miel non chauffé, gelée royale, pollen

• Huiles végétales bio pressées à froid

• Œufs frais de poules élevées en plein air et ayant reçu une alimentation naturelle

Idée de recette de *green smoothies* :

• **Des fruits :** l'ingrédient de base qui donnera du goût, des vitamines, des minéraux et des nutriments ! Utilisez ceux que vous aimez et soyez créatif !

• **Un liquide :** eau, lait végétal (amande, soja, noisette, riz, coco, quinoa, etc.), de l'eau de coco* ou même un jus de fruits maison.
* L'eau de coco regorge de potassium, de magnésium et de calcium, elle est parfaite pour s'hydrater après l'effort... De plus, elle prévient des crampes musculaires.

• **Des superfoods (super-aliments) :** graines de chia, graines de lin, pollen, spiruline, cacao cru...

• **(optionnel) Une dose de sucre :** si vous tenez à ce que votre smoothie soit plus sucré, vous pouvez utiliser (en faible quantité) des dates, des figues séchées, du sucre de coco, du miel ou du sirop d'érable.

• **Des légumes verts, aliments alcalinisants :** éléments essentiels du *green smoothie* d'où le *green*, ils sont bénéfiques pour notre organisme grâce à la chlorophylle et les nutriments qu'ils renferment. J'utilise souvent des épinards frais.

Un exemple ? Épinard, mangue, kiwi, ananas, banane.

Chapitre 10

Vivre dans la gratitude

Le bonheur est vraiment relatif quand on y regarde de plus près. En fait, être heureux est un choix qui ne va pas forcément dépendre d'éléments extérieurs, mais... de votre attitude.

Si vous observez bien, est-ce que les gens heureux sont reconnaissants ? Je suis certaine que vous connaissez des personnes qui ont tout ce qu'il faut pour être heureuses, et qui pourtant ne le sont pas, parce qu'elles veulent quelque chose d'autre ou en tout cas, plus que ce qu'elles ont. Et inversement, je suis certaine que vous connaissez des gens qui ont souffert dans leur vie mais qui sont profondément heureux. Ils rayonnent de bonheur. Et pourquoi ce rayonnement ? Parce qu'ils sont **reconnaissants**.

Ce qu'il se passe, c'est qu'exprimer votre gratitude, que ce soit dans votre journal ou auprès de quelqu'un, aide à diriger votre attention vers les choses heureuses de votre vie et à vous détourner de ce qui vous manque.

Et d'ailleurs, pour mesurer les effets réels de cette reconnaissance, le psychologue Robert Emmons et son collègue Michael McCullough ont fait une expérience. Ils ont fait appel à plusieurs centaines de personnes qu'ils ont divisées en trois groupes.

Le premier tenait le journal de ses expériences quotidiennes ; le deuxième, seulement des expériences désagréables ; tandis que dans le troisième, chacun devait dresser la liste des événements envers lesquels il pouvait être reconnaissant.

Dix semaines plus tard, ce dernier groupe présentait l'état général le plus positif, enthousiaste au quotidien et optimiste sur l'avenir. Mieux encore : ces personnes signalaient moins de soucis de santé et prenaient davantage soin d'elles-mêmes, notamment par la pratique d'activités sportives. Robert Emmons a aussi constaté une baisse du niveau de stress, une meilleure qualité du sommeil, une plus grande détermination, une performance accrue et une chute du risque de dépression.

10 - Vivre dans la gratitude

Cette expérience permet de nous apprendre deux choses importantes :

1

La première est la confirmation que ce n'est pas le bonheur qui nous rend reconnaissants. C'est le fait d'être reconnaissants qui nous rend heureux.

2

Et la deuxième, c'est qu'au bout de 10 semaines, les résultats étaient déjà probants ! 10 semaines, ça représente moins de 3 mois, et je trouve que ça vaut vraiment le coup de se lancer soi-même dans l'expérience avec des résultats si rapides.

Je l'expérimente au quotidien depuis des années, et je sais à quel point ça change la vie. Tout ce que je souhaite, c'est que vous aussi, vous puissiez le vivre. Il est d'ailleurs temps de passer à la pratique ! Promis, c'est hyper simple et ça fera chanter votre cœur.

Peut-être que lorsque vous avez entendu parler des gratitudes, vous avez levé les yeux au ciel et trouvé ça gnangnan et sans intérêt. Peut-être que vous pratiquez déjà les gratitudes au quotidien, mais que vous avez l'impression de tourner en rond et de vous répéter ?

Souvent, les listes de gratitudes ne sont pas si « efficaces » que ça, car on liste toujours les mêmes choses : « Je suis reconnaissant pour ma santé, ma famille, mes amis, ma maison. » Je vous conseille d'aller dans les détails.

Là, maintenant tout de suite, sans réfléchir, notez 3 choses pour lesquelles vous vous sentez reconnaissant en complétant directement ci-dessous et à côté de chaque phrase : « Aujourd'hui, j'ai ressenti de la gratitude pour (telle chose) car... »

Compléter cette phrase vous permettra de vous sentir profondément connecté à vous-même et à la vie que vous menez. Ça permettra d'explorer et de découvrir les émotions qui sont fondatrices pour vous.
Par exemple : « Aujourd'hui, j'ai ressenti de la gratitude quand ma nièce m'a vu et m'a tendu les bras avec un immense sourire car mon cœur s'est rempli d'amour. »

1. Aujourd'hui, je ressens de la gratitude ....
2. Aujourd'hui, je ressens de la gratitude ....
3. Aujourd'hui, je ressens de la gratitude ....

Maintenant, à vous d'intégrer cette nouvelle façon de célébrer la vie à votre quotidien. Choisissez un carnet ou utilisez le journal dans lequel vous écrivez déjà, et tous les jours, notez vos trois gratitudes, juste avant de vous coucher.

Le fait de le faire avant de vous coucher vous permettra d'être positif et de trouver plus rapidement un sommeil apaisé. Et puis surtout, gardez votre carnet sous la main en cas de coup de mou pour retrouver vos petits trésors de bonheur en quelques secondes !
Ce qui est encore mieux, c'est d'entraîner vos amis ou votre famille avec vous dans cette aventure. Voici une idée : au moment du repas du soir, vous pouvez identifier trois bonnes choses (petites ou grandes) qui vous sont arrivées dans la journée et vous demandez que chacun fasse de même. Florence Servan-Schreiber appelle ça les 3 kifs ! Ça parlera peut-être plus à vos enfants, si vous en avez.

Voici deux autres informations bonus qui devraient vous convaincre de vous lancer.

En vous sentant reconnaissant, ça va peut-être vous surprendre, mais vous vous sentirez moins seul. Vous verrez, que vous vous sentirez plus connecté au monde et aux autres. C'est un sentiment qui développera votre bienveillance et votre générosité.

En puis, autre argument... Ce sentiment de gratitude, en plus d'augmenter le sentiment d'appartenance, améliore aussi la confiance en soi selon le psychothérapeute Christophe André.

En fait, vous vivrez exactement la même vie, mais en mieux, et en ne changeant rien d'un point de vue matériel. Par contre, vous élèverez votre niveau de vibration et ça aura un impact immense sur votre vie.

10 - Vivre dans la gratitude

Mots cachés

Pour se libérer du carcan des pensées négatives et croyances limitantes. Trouvez les mots qui vous guideront sur le bon chemin des pensées positives.

GRATITUDE	VITALITÉ
JOIE	OPTIMISME
BONHEUR	ENTHOUSIASME
BIENVEILLANCE	ABONDANCE
AMOUR	VIBRATION
DOUCEUR	RAYONNEMENT
APPARTENANCE	CONNEXION
MOTIVATION	ATTRACTION

F	F	J	S	R	T	S	H	E	A	H	S	K	Y
B	Q	U	P	O	P	T	I	M	I	S	M	E	Y
I	V	I	B	R	A	T	I	O	N	P	C	G	Y
E	R	A	Y	O	N	N	E	M	E	N	T	S	C
N	A	P	P	A	R	T	E	N	A	N	C	E	A
V	H	G	R	A	T	I	T	U	D	E	L	A	M
E	T	A	E	C	O	N	N	E	X	I	O	N	O
I	R	Q	M	O	T	I	V	A	T	I	O	N	U
L	C	P	T	B	O	N	H	E	U	R	S	A	R
L	F	E	N	T	H	O	U	S	I	A	S	M	E
A	V	I	T	A	L	I	T	É	L	C	U	O	U
N	I	C	T	S	A	B	O	N	D	A	N	C	E
C	D	O	U	C	E	U	R	P	Y	J	O	I	E
E	J	Y	A	T	T	R	A	C	T	I	O	N	M

Chapitre 11

L'énergie de l'Univers : loi d'attraction

La loi d'attraction est simple à comprendre et si je devais la résumer en une phrase, ce serait celle-ci : « Nous sommes responsables de la vie que nous menons. »

Mais ce n'est pas une question de contrôle. Je ne parle pas de plan d'action, d'objectifs ou de performance, mais de ressentis profonds et authentiques. Ici, il est question de vibrations, en fait.

Et maintenant que vous en savez plus sur le taux vibratoire, sachez que la loi d'attraction fonctionne en cœur avec les vibrations que vous émettez. Pensées positives engendreront répercussions positives, et pensées négatives le contraire !

La clé pour attirer et concrétiser tout ce que vous souhaitez accomplir dans votre vie ? Vous concentrer sur ce que vous souhaitez ressentir au quotidien dans votre vie et y CROIRE.

Peu importe le nombre d'affirmations positives que vous écrirez ou que vous prononcez, ou bien le nombre de tableau de visualisation que vous réaliserez, si vous n'êtes pas profondément connecté à ces mots et ces images, ça n'aura absolument aucun impact.

Tout est une question d'énergie, vraiment. Votre énergie attire à vous les expériences que vous vivez et ressentez. Donc le manque, la colère, la tristesse, la peur, le jugement, etc., abaissent votre fréquence vibratoire. Et quand vous avez une fréquence vibratoire basse, vous attirez des situations négatives, c'est-à-dire plus de manque et de frustrations.

Alors que ressentir de la gratitude, de la joie, de l'amour ou de la bienveillance augmente votre fréquence vibratoire et attire à vous des situations positives, toujours plus d'abondance et de bonheur.

Prenons un exemple concret. Votre objectif est d'avoir plus d'abondance dans la vie. Mais vous, tout ce que vous constatez, c'est que vous manquez de-ci de-là et qu'un autre a ce que vous rêvez d'avoir. Donc vous vous comparez beaucoup et commencez à vous impatienter, car vous voulez absolument atteindre votre objectif (et rapidement si possible). Vous avez même peur de ne pas y arriver.
Vous émettez donc une vibration d'impatience, d'envie et de peur. Et comme vous ressentez et vous vous concentrez sur ce qui manque à votre vie, vous concrétisez toujours plus de manque. Pourquoi ? Parce que chaque pensée et chaque émotion envoient un message à l'Univers. Et l'Univers répond sur la même fréquence.

11 - L'énergie de l'Univers : loi d'attraction

Ce que je veux transmettre comme message ici, et j'insiste, c'est que vous aurez beau écrire un million de fois que vous vous sentez reconnaissant de l'abondance dans votre vie, vous n'attirerez pas d'abondance si vous n'y croyez pas et si vous ne vibrez pas de manière authentique.

Je pense que j'ai tellement insisté que vous avez compris que la première chose à faire avant d'essayer de manifester quoi que ce soit dans votre vie, c'est de déterminer en premier lieu ce que vous souhaitez ressentir et attirer comme émotion dans votre vie. Parce que l'énergie et l'émotion sont plus fortes que la pensée ou la parole. Comment vous y prendre ?

- **Première étape : soyez au clair concernant ce que vous souhaitez dans la vie.**

Revenons à ce sentiment d'abondance dont je parlais un peu plus tôt. Ce que vous souhaitez attirer dans votre vie ressemble peut-être à ça : « Je veux ressentir l'abondance dans ma vie. Me sentir libre et en sécurité financièrement. »
Et les mots importants ici sont « me sentir ». Ressentir les émotions que ça vous procurerait et y croire au plus profond de vous-même représente la clé.

- **Deuxième étape : ne pas chercher à manipuler les résultats que vous souhaitez obtenir.**

Cette deuxième étape est la plus compliquée parce qu'il s'agit de lâcher prise. Émettre votre tableau de visualisation ou votre affirmation positive, y croire et laisser jouer la vie. On va voir dans la prochaine étape comment faire pour y croire, ne vous inquiétez pas.

- **Troisième étape : visualiser et expérimenter ses émotions.**

Afin de vous entraîner à ressentir des émotions à haute fréquence vibratoire, fermez les yeux et visualisez les situations dont vous rêvez. Ancrez-vous profondément dans le ressenti que vous avez. Les émotions que vous ressentez à ce moment-là sont celles que vous allez attirer dans votre vie. Et en les ressentant durant votre visualisation, elles vont devenir de plus en plus réelles pour vous.

- **Enfin, dernière étape : avoir du bon sens.**

Imaginons que vous souhaitez attirer l'amour de votre vie. Vous souhaitez donc être aimé par cette personne. Eh bien, ressentez cet amour pour vous-même pour commencer, puis laissez-vous aimer par vos amis et votre famille, et vous attirerez toujours plus d'amour dans votre vie.
Si vous souhaitez gagner plus d'argent, car vous souhaitez accomplir des projets qui demandent de l'investissement, commencez par apprécier l'argent que vous avez et faites-en bon usage. Appréciez chacun de vos investissements et faites en sorte que cela vous apporte de la joie. Soyez reconnaissant de chacune de vos dépenses.

Passons à la pratique :

On parle souvent de vision board dans le monde du développement personnel. En français ça donne « tableau de visualisation ».

Ça consiste en fait à créer un tableau où vous rassemblez tout ce que vous souhaitez attirer et concrétiser dans votre vie. Tous vos rêves et projets sous forme d'images, de photos, de dessins ou même de calligraphies, rassemblés au même endroit afin qu'ils se manifestent.
Et c'est vraiment une aide super puissante pour rester positif et concentré sur vos objectifs.
Je dis toujours qu'un tableau de visualisation est comme un phare dans la nuit qui permet de retrouver son chemin dans les moments de doute ou de découragement.
Parce que, vous allez voir, pouvoir visualiser ce que vous souhaitez manifester en un clin d'œil est vraiment ultra puissant.

11 - L'énergie de l'Univers : loi d'attraction

Faire cet exercice sera vraiment le parfait moyen de prendre du temps pour vous reconnecter à vous-même. En plus, c'est simple à mettre en place.

- **Première étape : récupérer un grand calendrier, un tableau en liège ou magnétique.**

- **Deuxième étape : découper des images (dans vos magazines) de tout ce qui représente** la vie de vos rêves et les étapes pour y parvenir. Une seule règle : ressentir profondément chaque mot ou image choisis. Vous pouvez aussi utiliser vos propres photographies, dessiner ou écrire.

- **Troisième étape : les coller ou les épingler sur votre tableau.**

Et enfin, visualiser pendant 5 à 10 minutes (voire plus) votre tableau, tous les matins et tous les soirs. Pour faire le choix de vos images, partez du principe que tout est possible. Avoir un mode de vie sain qui vous ressemble. Changer de travail. Reprendre vos études. Monter votre projet professionnel. Prendre confiance en vous. Apprendre à vous aimer. Partir à l'aventure dans un pays étranger. Oser dire non. Ne plus avoir peur de dire oui. Être enfin vous-même. Vous libérer du regard des autres et enfin écouter votre intuition. Assumer à fond votre spiritualité que vous soyez yoggi, witchy, prêtresse, chamane ou rien de tout ça.

Tout est possible ! Considérez que ce tableau est le canva de votre vie.
Franchement, c'est pas excitant quand on y pense ?

La boîte à manifestation.

Vous pouvez également créer votre boîte à manifestation, pour amplifier votre tableau de visualisation ou simplement parce que vous préférez la magie de la boîte... Comment vous y prendre ?

- Soit vous créez votre propre boîte, soit vous la choisissez avec grand soin. La mienne appartenait à ma grand-mère et vient du Pérou. Elle est incrustée de lapis-lazuli et fait profondément vibrer mon cœur.

- Une fois votre boîte fabriquée ou trouvée, il vous suffira d'écrire vos vœux sur un petit bout de papier, en pleine conscience, et de les y déposer dans votre boîte. La clé, ici, est exactement la même que pour le tableau de visualisation : ressentir profondément chacun des mots que vous écrivez.

- **Comment utiliser la boîte à manifestation quand on a un tableau de visualisation ?**

Votre tableau de visualisation portera sur ce que vous souhaitez attirer dans l'année. Je conseille toujours de faire un point en cours d'année, mais avec le tableau, on est plutôt sur du moyen à long terme. Alors qu'avec la boîte à manifestation, on est plus sur du court terme ou sur une façon d'amplifier la loi d'attraction concernant un projet en cours.

Par exemple : dans votre tableau de visualisation, vous pouvez mettre la photo de la maison de vos rêves. Et c'est lorsque vous commencerez les visites que la boîte à manifestation sera votre parfaite alliée. Vous pourrez faire le vœu, à ce moment-là, de trouver la maison de vos rêves durant les visites à venir.

Chapitre 12

Créez votre espace sacré

Vous êtes-vous déjà rendu dans un lieu et capté que l'énergie était lourde, stressante ou suffocante ? Ou vous avez peut-être ressenti des énergies positives, légères et rassurantes en étant dans un lieu sacré, en pleine nature ou chez quelqu'un que vous portez dans votre cœur ?

J'en parlais dans le chapitre sur le taux vibratoire : certains lieux vous soutiennent et vous renforcent ou, au contraire, sapent et drainent votre énergie. Et si l'énergie d'un lieu s'habille d'une symbolique sacrée, il sera beaucoup plus facile pour vous de résonner avec votre spiritualité. Créer votre propre espace sacré est donc important si vous souhaitez porter plus d'attention à votre pratique spirituelle et vous y investir au quotidien. La meilleure façon de commencer, selon moi, est de créer un autel.

Aménager un autel chez soi est un parfait moyen de rester connecté à votre spiritualité au quotidien et de vous créer une bulle dans laquelle vous pouvez vous retrouver et vous sentir en communion avec l'Univers.

Avoir votre propre autel vous permettra de :

- profiter d'un espace dédié à votre spiritualité dans lequel les vibrations seront hautes ;
- matérialiser vos intérêts spirituels pour vous encourager à les approfondir ;
- regrouper tous les outils et accessoires qui vous permettent d'expérimenter votre spiritualité ;
- avoir un lieu de rendez-vous chaque jour pour votre introspection et recueillement ;
- avoir une source d'énergie positive qui remplit votre espace de vie ;
- libérer votre créativité dans l'expression de votre authenticité.

Vous pouvez créer un autel dans un but précis, comme par exemple manifester plus d'abondance ou la fécondité dans votre vie, ou bien le considérer comme l'endroit où vous viendrez vous recueillir au quotidien pour :

- pratiquer la méditation ou une séance de relaxation ;
- poser vos intentions du matin et rédiger vos gratitudes dans votre journal ;
- recevoir vos guidances d'oracle ou de tarot, ;
- réaliser vos rituels de pleine et nouvelle lune, d'abondance, de libération ou pour célébrer les moments clés de l'année (Samhain, Yule, Imbolc, Ostara, Beltane, Litha, Lugnasad, Mabon) ;
- vous prodiguer un soin énergétique ;
- réciter vos affirmations positives.

Et tant d'autres choses… À vous de ressentir quels sont vos besoins et de les exprimer librement.

Créer votre autel est un rituel qui permet de célébrer votre spiritualité et ce que vous honorez dans votre vie. Il n'y a donc rien de compliqué. Il suffit qu'il soit totalement aligné avec la personne que vous êtes.

1. **Déterminez l'endroit :** même s'il n'y a pas vraiment de règles, je vous conseille un endroit calme avec peu de passage, comme une chambre ou un bureau. Les questions à vous poser : cet endroit est-il approprié ? Est-ce que je m'y sens bien ? Comment est-ce que je ressens l'énergie ? Est-ce que j'ai de l'intimité ? Puis-je construire un autel ici, sans déranger qui que ce soit ?

2. **Choisissez sa place :** le choix est vaste : sur une petite table, sur une commode, sur un coin de votre bureau, sur une étagère, sur le rebord d'une fenêtre, sur un petit banc.

3. **Installez-le avec amour :** votre autel peut être petit ou grand, fantaisiste ou minimaliste, traditionnel ou non traditionnel. La manière de le décorer dépendra de vous et de vos propres goûts et préférences. Le plus important c'est qu'il vous ressemble et comble vos besoins du moment.

Voici quelques idées d'accessoires :

- représenter les 4 éléments sur l'espace sacré : ainsi, vous pouvez y mettre des bougies (élément Feu), des fleurs, des cristaux ou des pierres (élément Terre), de l'encens, des plumes ou des feuilles (élément Air) et une petite coupe d'eau, un calice ou un chaudron (élément Eau) ;
- représenter le yin et le yang ;
- la carte de votre guidance du jour/semaine/mois ;
- des photos de vos ancêtres ;
- votre tableau de visualisation et/ou votre boîte à manifestation ;
- votre livre préféré ;
- votre journal avec votre stylo.

Important :

Pensez à purifier votre autel régulièrement grâce à de l'encens ou de la sauge blanche.

Un autel n'est pas figé, soyez libre de le modifier pour qu'il soit en alignement avec vous.

Un autel peut se transporter : si vous voyagez, pensez à avoir une version de votre autel facilement transportable afin de pouvoir réaménager un autel dans l'endroit où vous resterez.

Mots croisés

1. Signifie haut lieu
2. Elles y sont élevées
3. Il symbolise le lien entre tous les éléments et l'Univers
4. Associée à l'élément Air
5. Associé à l'élément Eau
6. Associée à l'élément Terre
7. Associée à l'élément Feu
8. Quelle loi permet d'amplifier ce que je manifeste ?
9. Fêtes qui composent la Roue de l'année

Chapitre 13

Le chamanisme au quotidien

Le chamanisme est la plus ancienne tradition spirituelle humaine. Il est venu sur terre avec les hommes, bien avant les religions, et se retrouve sur tous les continents de la planète. Peu importe votre pratique spirituelle ou religieuse, le chamanisme fait partie de vous.

Le mode de vie imposé par notre société nous sépare de la Vie avec un beau et grand V. Au contraire, on se retrouve embourbé dans une routine où l'on agit en mode automatique. Le chamanisme permet cette reconnexion à cette haute vibration dont la vie est faite. Il nous fait sortir de cette amnésie suicidaire qui pousse à la destruction de la planète et de l'humanité, et permet de retrouver nos racines spirituelles.

Les points les plus importants qui définissent le chamanisme, selon moi :

• **Le chamanisme vient du terme sibérien shaman qui signifie « celui/celle qui sait ».** C'est la pratique la plus instinctive et intuitive qui soit. La seule clé de la connaissance de ce savoir ancestral : l'expérience.
« Le chamanisme est la voie de la révélation directe », explique la célèbre enseignante Sandra Ingerman. « Il n'a pas besoin de dogme ni d'autorité extérieure. La pratique chamanique vous donne les outils pour entrer vous-même dans le monde des esprits et découvrir votre propre pouvoir. »

• **Le chamanisme entretient l'art du sacré.** Le maintien du lien au sacré est primordial. L'ethnologue Mircea Eliade explique que le sacré est quelque chose d'opposé au profane, « une faille par laquelle peut se manifester la dimension extraordinaire de la vie. »

• **L'interconnexion.** Nous ne sommes pas séparés les uns des autres, ni des autres plans, ni de la nature dont nous faisons partie. Cette prise de conscience s'impose. C'est un besoin vital de reconnexion. En vous éveillant à cette vérité, c'est la voie vers la reconnexion à votre potentiel et votre lumière en tant que citoyen de la Terre.

13 - Le chamanisme au quotidien

• **Le voyage chamanique, portail entre les mondes.** C'est la méthode de base qui permet d'accéder à des informations spirituelles lors d'une méditation/transe au son du tambour. On s'y engage avec l'aide d'esprits alliés (animaux de pouvoir dans le monde du bas, guides dans le monde du haut), pour obtenir des réponses et recevoir de l'aide pour guérir.

• **Il se vit au quotidien et crée l'harmonie** grâce à l'éveil de votre conscience, le sentiment d'interconnexion et la pratique de votre spiritualité au quotidien, dans le monde du milieu (celui dans lequel on vit actuellement).

Mots croisés

1. Ethnologue et historien qui a remis en lumière le chamanisme dans les années 1950. Il l'a même appelé la « religion naturelle ».
2. Monde dans lequel on vit
3. Instrument essentiel au chamanisme
4. Celui qui sait en sibérien
5. Vos animaux de pouvoir vous y attendent
6. Méthode de base du chamanisme
7. Il se révèle grâce au chamanisme
8. Faille par laquelle peut se manifester la dimension extraordinaire de la vie
9. Nous ne faisons qu'un avec elle
10. Ils vous y attendent, dans le monde du haut
11. La plus vieille tradition spirituelle humaine

Être ancré, c'est être connecté à la terre, sortir de ses pensées pour revenir pleinement dans l'instant présent et habiter complètement votre corps. Sentir votre corps et l'environnement autour de vous. Plus aucune angoisse, juste ce que vos 5 sens peuvent ressentir. Le corps et l'esprit étant étroitement liés, la stabilité corporelle entraîne une stabilité mentale.

Activités qui favorisent l'ancrage

- Être en pleine nature : balade en forêt, à la campagne, en montagne, jardinage, baignade en mer, dans une rivière.
- La méditation et visualisation.
- Les activités artistiques comme la musique, la peinture ou l'écriture.
- Bouger en pleine conscience : danse, yoga, tai-chi, qi gong...
- Les soins du corps : massage, relaxation, étirements, cuisiner sain et gourmand.
- Se masser les pieds avec des huiles essentielles comme le nard, le patchouli, le cèdre ou la myrrhe.
- Avoir sur soi des cristaux et minéraux comme l'obsidienne, la tourmaline noire, la cornaline, le jaspe rouge, l'hématite ou le grenat.

Petit exercice que vous pouvez pratiquer tout de suite

C'est un exercice que j'adore pratiquer dès que je suis en pleine nature. Assis ou debout, c'est comme vous préférez.

1. Fermez les yeux.
2. Prenez plusieurs grandes respirations lentes et profondes.
3. Concentrez-vous sur vos pieds/vos fesses qui touchent le sol et sentez que le sol vous soutient.
4. Imaginez des racines qui partent dans tous les sens sous vos pieds.
5. Ouvrez les yeux et continuez de vous concentrer sur cette sensation.

Purification (les 4 éléments)

Il est également important de purifier les énergies négatives qui peuvent imprégner un objet, un bijou ou un livre d'occasion. Rien de plus simple :

1. Avoir de la sauge blanche. Il n'est pas utile d'utiliser le stick de sauge en entier pour purifier un objet, vous pouvez en prendre quelques petites feuilles.
2. Les faire brûler dans un coquillage (coquille d'ormeau). La sauge se consume en dégageant de la fumée.
3. Passer l'objet sur toutes ses faces dans la fumée épaisse de la sauge plusieurs fois. Vous pouvez vous aider d'une plume pour diriger la fumée sur l'objet.
4. Faites le tout en prononçant, en conscience, la formule suivante : « Que tout ce qui est négatif quitte cet objet et se transforme en énergie lumière. Toutes les qualités bénéfiques de cet objet rayonnent et sont amplifiées. Merci. »

Les 4 éléments sont représentés ici : l'Eau par la coquille d'ormeau qui vient du milieu marin, l'Air par une plume, la Terre par la sauge elle-même et le Feu par la fumigation.

Chapitre 14

Harmonie des énergies

Une part d'énergie féminine (yin) et masculine (yang) vit en chaque femme et en chaque homme et il est important de déterminer comment ces énergies s'expriment au quotidien (de manière générale et non exhaustive).

ÉNERGIES FÉMININES

Créativité
Intuition
Introspection
Sensibilité
Douceur
Fertilité
Énergie spirituelle

ÉNERGIES MASCULINES

Passage à l'action
Organisation/planification
Dirigée vers l'extérieur
Challenge
Concret
Performance/stratégie
Énergie cartésienne

Avoir un bel équilibre de ces polarités vous permettra de vivre une vie en harmonie avec votre monde intérieur, votre environnement et vos relations aux autres. Ces énergies sont complémentaires et elles ne peuvent vivre l'une sans l'autre comme le jour et la nuit ; le chaud et le froid ; l'action et le calme ; le vide et le plein ; l'éveil et le sommeil ; l'eau et la terre ; la joie et la tristesse, etc.

Cependant, il y a un hic. J'en parle très souvent lors de mes coachings et workshops : notre société contemporaine est dominée par l'énergie « masculine ». Faire, agir, accomplir, toujours plus. Se mettre la pression et être impatient d'atteindre de nouveaux objectifs. L'énergie yin, quant à elle, se retrouve reléguée au dernier plan. Elle correspond pourtant à votre si précieuse intuition, à cette douceur et cette connexion à votre monde intérieur dont vous avez tant besoin. Ces moments où vous baignez dans l'énergie féminine permettent de faire une pause pour vous ressourcer, vous délester de

ce qui ne doit plus être et repartir au clair, épanoui. Résultat, vous vous épuisez, ressentez de l'anxiété et vous dirigez bien souvent tout droit vers un burn out.

Voyons voir comment équilibrer vos énergies et ramener un peu plus de magie dans le quotidien avec le parfait soupçon de masculin et féminin. C'est cette recherche d'équilibre dans votre quotidien qui va vous amener à l'harmonie, car chaque action réalisée dans le déséquilibre ne sera jamais vraiment juste.

Trop dans l'énergie yang ?

Ramenez l'équilibre dans votre vie par les moments de repos et d'introspection. Voici quelques idées : méditation, yoga, gratitude, s'ennuyer, se balader dans la nature, lire et toutes autres activités créatives.

Manque de yang ?

Parce que ça arrive aussi… Dirigez-vous vers des activités qui demandent de l'action. Vous pouvez, par exemple, vous fixez des petits défis comme faire plus de sport ou atteindre certains objectifs dans votre quotidien.

Cadran de suivi des énergies en fonction de la lune

Nous sommes des êtres cycliques. Et malheureusement, ça fait quelques générations que ce cycle n'est plus du tout considéré. Encore pire, il est vécu comme une contrainte, alors qu'avant, le cycle de la vie était célébré (et le cycle menstruel des femmes était perçu comme sacré). Cette connexion était un outil précieux dans la vie de tous les jours afin d'évoluer en harmonie.

Je vous invite à réaliser votre premier cadran lunaire ici. Que vous soyez un homme ou une femme, il sera intéressant d'observer l'évolution de vos énergies, ressentis et humeurs au fil du cycle de la lune. En prenant conscience que vos énergies sont cycliques, vous réaliserez que vous détenez une puissance à explorer en vous.

Observez votre comportement au quotidien et déterminez les domaines dans lesquels vous vous sentez déséquilibré et/ou fatigué. Ce sont dans ces domaines-là que l'équilibre sera à rétablir en priorité.

Je suis d'humeur...

○ joyeuse	○ créative	○	○ ....
○ neutre	○ spirituelle	○	○ ....
○ triste	○ angoissée	○	○ ....

14 - Harmonie des énergies

Un exercice de Pranayama : respiration alternée pour harmoniser les énergies

Vos narines sont connectées directement aux deux hémisphères du cerveau. Chez une personne en bonne santé, la respiration alterne naturellement d'une narine à l'autre toutes les heures. Mais avec le stress de la vie quotidienne, cet équilibre est très souvent remis en question.

Nadi shodhana

- En position assise, la colonne vertébrale bien droite.
- La main gauche reste sur vos genoux en jnâna mudrâ.
- La main droite en vishnu mudra.
- Laissez votre langue totalement relâchée dans votre bouche.
- Essayez de vous concentrer sur la partie située à l'arrière de votre crâne (bindu).
- Expirez longuement par vos narines.
- Bouchez la narine droite avec le pouce et inspirez par la narine gauche durant 4 secondes.
- Bouchez ensuite les deux narines avec votre pouce (qui est resté sur la narine droite) et votre annulaire sur la narine gauche, durant 4 secondes.
- Puis relâchez la narine droite et expirez durant 8 secondes.
- Recommencez le même système en inspirant par la narine droite cette fois-ci.
- Cela peut aussi être : inspiration 2 secondes, rétention 2 secondes et expiration 4 secondes pour commencer. Puis pour progresser, 8-8-16.
- Commencez toujours par inspirer par la narine gauche et terminez par expirer par la narine droite.
- Répétez le cycle entre 6 et 12 fois.
- Cette respiration permet de rééquilibrer les deux hémisphères du cerveau et de détoxifier l'énergie de notre corps. Cela apaise l'esprit, réduit le stress et prépare parfaitement à la médiation.

JNÂNA MUDRÂ

VISHNU MUDRA

Chapitre 15

La spiritualité à travers le corps

On dit souvent que l'âme informe le corps. Pourquoi ne pas changer de perspective et imaginer un moment que votre corps informe votre âme et qu'il l'aide à s'adapter au monde extérieur. Votre corps fait pour votre âme une analyse de l'environnement et traduit ce qu'il se passe autour d'eux. Il est tel le cartographe de votre vie et prépare le terrain afin que l'âme ait un maximum d'informations. Une équipe si puissante qu'il est difficile d'imaginer qu'ils puissent fonctionner l'un sans l'autre. Et pourtant... Vous avez peut-être tendance à ignorer le potentiel de ce précieux guide. Il est temps de l'écouter, de lui laisser la place de s'exprimer en respectant son rythme. De simplement le considérer comme un être sacré.

Votre corps n'est pas un lieu qu'il faut abandonner pour vous élever spirituellement. Il existe pour vous protéger, contenir, soutenir et enflammer votre esprit et votre âme. Il est là pour appréhender chaque instant et vous remplir de sensations - la plus haute forme de nourriture psychique. Il vous élève, vous propulse, vous apporte la preuve que vous existez, que vous avez un poids (peu importe lequel) et un sol sous vos pieds afin de vous sentir ancré et vivre pleinement l'expérience d'être.

Le corps n'est pas un boulet qu'il vous faut traîner toute votre vie, mais une série de portes, de rêves et de poèmes grâce auxquels vous pouvez apprendre et connaître une infinité de choses. Le corps est comme un être propre, qui vous aime et vous fait confiance, à qui, parfois, vous servez de mère et qui parfois est une mère pour vous, comme le dit si bien Clarissa Pinkola Estés.

Et pour vivre votre spiritualité à travers votre corps, il vous suffit de bouger en pleine conscience tout en nourrissant la merveilleuse intention de relier le corps à l'âme. À vous de choisir ce que vous préférez : marcher, danser, nager, escalader, courir, le qi gong, le tai-chi, le yoga... Il y a tant de façons de bouger !

Ici, je voulais vous inviter à découvrir comment vous pouvez expérimenter votre spiritualité à travers la pratique du yoga, car c'est une discipline qui permet d'expérimenter cette union.

Le mot sanskrit *yoga* signifie « unir », « relier ». Pratiquer le yoga permet donc d'équilibrer et de relier tous les aspects de votre être. Choisir de pratiquer le yoga est donc une expérience sacrée qui pourrait changer votre vie. Au-delà de la connexion corps et âme, il permet de comprendre que le bien et le mal sont les faces d'une seule et même pièce et permet d'ouvrir les yeux sur toutes les dualités qui remplissent la vie : la perte et le gain, le plaisir et la douleur, l'amour et la haine. C'est là que la signification du yoga prend encore une fois tout son sens. Il s'agit de trouver une façon d'unir ce qui semble pourtant s'opposer si drastiquement : dépasser la dualité.

15 - La spiritualité à travers le corps

Pratiquer le yoga est toujours positif, peu importe la motivation. Que ce soit pour réussir à toucher vos pieds, retrouver le calme dans votre vie, faire diminuer votre niveau de stress ou alors une quête pour développer votre vie spirituelle. Le bien-être que cela vous apportera vous lancera dans des aventures fascinantes.

Avant de vous proposer quelques exercices, je tenais à vous préciser que le yoga est une pratique holistique qui englobe les asanas (les postures), les exercices de respiration et la méditation.

1. **Échauffez-vous.** Il est temps de réveiller doucement votre corps. Étirez votre dos, faites de grands cercles avec vos bras pour échauffer vos épaules et, enfin, faites des rotations de poignées et de chevilles.

2. **Créer votre intention.** Asseyez-vous en tailleur (sukhasana) et prenez le temps de respirer. Avant de débuter votre pratique, je vous invite à créer une intention. Que souhaitez-vous ressentir ou accomplir aujourd'hui ? Prenez le temps de ressentir cette émotion sur votre tapis dès maintenant.

3. **Activer l'énergie qui sommeille en vous.** Commencez avec « Surya Namaskar A » ou « salutation au soleil A » (*Surya* signifiant « Soleil » et *Namaskar* « salutation »). C'est une série de mouvements harmonieux en mouvement continu progressant au rythme de vos respirations. Pratiquez cet enchaînement 1 à 3 fois.
Variante : vous avez aussi la possibilité de maintenir chaque posture durant 3 respirations si vous ressentez le besoin de ralentir.

4. **Bougez tout en prenant confiance en vous.** Certaines postures sont très puissantes pour fortifier le mental, favoriser l'ancrage et le recentrage. Le yoga devient ainsi un outil de connaissance de soi et de développement personnel.

Samasthiti ou Urdhva hastasana

- Placez les pieds côte à côte : les gros orteils doivent se toucher et les talons doivent être espacés d'1 ou 2 centimètres.
- Essayez de créer le maximum d'espace entre les différents orteils en les écartant le plus possible. Cela permet de bien s'ancrer dans le sol.
- Les jambes doivent être droites et légèrement engagées, c'est-à-dire légèrement contractées.
- Faites une légère rétroversion du bassin vers l'avant afin de ne pas cambrer le dos.

- Le buste et la tête droits, le regard loin vers l'avant.
- On peut rouler légèrement les épaules vers l'arrière pour ouvrir le buste.
- Bras tendus et doigts tendus, paumes de la main ouvertes vers l'avant.

Variante : Urdhva hastasana - inspirez les bras tendus vers le ciel, le regard vers les pouces.

Virabhadrasana 2 ou posture du guerrier 2 (des deux côtés)

- Le pied gauche est en avant et dans l'axe du corps, et le pied arrière y est perpendiculaire. Les deux pieds doivent former un angle droit. Le talon du pied gauche doit être aligné avec le milieu du pied droit.
- Jambes engagées, 60 % du poids sur la jambe arrière.
- Hanches alignées.
- Buste et sternum droits, comme s'ils étaient collés à un mur.
- Le coccyx légèrement à l'intérieur.
- Épaules bien éloignées des oreilles et ouvertes.
- Bras et épaules alignés.
- En dernier, faites une rotation de la tête vers la main gauche.
- Regardez au loin et souriez.

Deviasana ou posture de la Déesse

- Les jambes largement espacées, les pieds vers l'extérieur ancrés dans le sol.
- Descendez les hanches et fléchissez les genoux jusqu'à ce qu'ils soient au-dessus des chevilles. Tirez votre coccyx vers le bas.
- Encadrez le visage de vos bras, vos mains en jnâna mudrâ (index et pouce connectés) en conservant les épaules détendues et rejetées en arrière.
- Ouvrez votre poitrine et souriez !
- Variante : vous pouvez même vous soulever sur la pointe de vos pieds pour jouer avec votre équilibre et votre gainage.
- Bien qu'au premier abord ces postures semblent faciles, lorsque vous engagez tous les muscles du corps et que vous cherchez votre axe central, elles peuvent s'avérer être de véritables défis. Si vous vous sentez très stable, essayez de fermer les yeux.

Ensuite, place au savasana. (N'hésitez pas à vous couvrir.)

- Allongez-vous sur le dos, les jambes et les bras légèrement écartés du corps, les paumes vers le ciel. Les pieds, les genoux, la colonne et la base du crâne sont parfaitement alignés. Les muscles se relâchent. La respiration se fait de plus en plus lente et profonde.
- Scannez mentalement chaque partie de votre corps en partant des orteils et en remontant jusqu'au sommet du crâne : détendez vos pieds, chevilles, mollets, genoux, cuisses, hanches, ventre, mains, coudes, épaules, tête, yeux et bouche, mâchoire, cou, poitrine... Et restez ici quelques respirations. Laissez vos pensées divaguer puis revenez à vous après une dizaine de minutes, en veillant à sortir de la posture avec douceur.

Chapitre 16

Être connecté à son intuition

On entend souvent que l'intuition est telle une petite voix intérieure, quelque chose que l'on sent dans ses tripes ou dans son cœur ou encore un pressentiment. Si je devais définir ce que je ressens quand mon intuition me parle, je dirais que c'est comme une vérité qui émerge et que je ne peux ignorer, même si ça n'a aucun sens pour moi, sur le moment. Et vous, comment définiriez-vous l'intuition ?

Il n'y a aucune bonne ou mauvaise réponse, car c'est quelque chose de très intime et personnel qui ne peut être qu'expérimenté pour être compris. D'ailleurs, sa racine latine *intueri*, qui veut dire « regarder attentivement à l'intérieur de soi » ou « voir de l'intérieur » le confirme. Et je tenais à partager cette première définition, car pour être connecté à votre intuition, il est réellement important de comprendre que c'est profondément ancré en chacun de vous, au cœur même de votre monde intérieur.

Pour rester dans la lancée des définitions, le dictionnaire confirme tout ça en expliquant que l'intuition est une forme de connaissance immédiate qui ne recourt pas au raisonnement.

L'intuition ne repose donc ni sur l'expérience ni sur l'analyse du monde extérieur, et c'est pour ça qu'elle peut être si difficile à définir quand on ne s'est pas vraiment penché sur le sujet. C'est un peu comme une boussole magique. Mais pour notre société qui aime pouvoir tout définir et expliquer logiquement, c'est compliqué à gérer, car avec l'intuition, impossible. Ça vient souvent soudainement, et on est incapable d'expliquer pourquoi. C'est pour ça que, bien souvent, on s'en détache ou la repousse et qu'on préfère donner tout son pouvoir à son mental.

Est-ce que ça vous parle ? Avez-vous tendance à vous reposer sur votre mental pour prendre vos décisions ou vous faire une idée sur le monde qui vous entoure ? Si c'est le cas, vous n'avez pas à en avoir honte. Quand le mental prend le dessus, c'est rassurant. On a l'impression d'être dans le contrôle. Malheureusement, ce n'est pas vraiment le cas. Ce sont plutôt nos peurs qui prennent le contrôle et qui embrouillent tout.

16 - Être connecté à son intuition

Pour être connecté à votre intuition, il va donc falloir vous appuyer sur ce que vous ressentez profondément et observer ce qu'il se passe en vous. Faire la paix avec votre mental sera également une part importante du processus.

Nous en sommes presque à la fin de cahier, et comme un cercle vertueux, on en revient à l'importance de **l'introspection** pour accéder aux trésors cachés en vous. Et même s'il n'y a aucun mode d'emploi, je vais vous donner des pistes dans les exercices qui suivent afin d'essayer de répondre à une question que l'on me pose très souvent : quand on est face à un choix, comment faire la différence entre ses peurs et son intuition ?

Comment faire la différence entre ses peurs et son intuition ?

Première question à vous poser : est-ce que je me sens en expansion ou en contraction quand je pense à ce choix ? Ça va surtout se passer au niveau du plexus solaire, du cœur et du ventre. Il faut vraiment faire attention, car c'est très subtil.

Si vous ressentez que ça tire, une subtile lourdeur ou un inconfort en vous comme une douleur au ventre, c'est que c'est plutôt une réponse négative de la part de votre intuition. Si vous vous sentez plus léger, que votre corps a même un mouvement vers l'avant et que vous vous sentez comme grandi ou soulagé quand vous pensez à ce choix, c'est que votre intuition vous pousse à vous lancer.

Attention, le mental peut revenir à la charge et essayer de vous convaincre du contraire. Mais maintenant, vous savez ce que votre intuition a voulu vous transmettre en premier et c'est toujours le message le plus important. Et attention, car ça ne dure bien souvent qu'une microseconde.

Deuxième point important : comment est votre respiration ?

Observez votre respiration à l'état naturel, puis pensez à quelque chose de négatif pour vous ; que fait votre respiration ? Puis pensez à quelque chose d'ultra positif ; que fait-elle ?

Notez vos réponses ici :

....

....

Votre respiration est un outil de détection de ce qui est bon pour vous ou non. Vous pouvez l'observer et l'utiliser dans toutes les circonstances, à condition de porter votre attention sur la première respiration qui vient suite au questionnement.
Notre corps a une intelligence qui nous dépasse. Il faut vraiment qu'on réapprenne à l'écouter. Il a tant de choses à nous dire !

- **Si vous n'arrivez pas à ressentir de différence, voici une astuce :**

Recherchez une situation dans votre passé qui vous a fait dire : « Je le savais pourtant au fond de moi. » Ce n'est pas sur la situation que vous devez vous concentrer. Concentrez-vous plutôt sur ce que vous avez ressenti à ce moment-là précisément. Quels sont les signes que vous aviez ressentis dans votre corps ? Ça vous mettra sur la piste pour savoir où diriger votre attention à l'avenir.

- **Maintenant, voici un autre exercice pour vous :**

Pensez à un choix important que vous devez faire en ce moment : comment vous sentez-vous au fond de vous ? Est-ce que vous êtes excité ? Est-ce que vous ressentez une sorte de lourdeur ou de contraction ?

Essayez d'expliquer à l'écrit ce que vous ressentez, puis prenez votre décision ! Attention, je ne parle pas de votre raisonnement, mais bien de ce que vous ressentez. Même si ça n'a aucun sens.

16 - Être connecté à son intuition

Enfin... Faites la paix avec votre mental. Écrivez-lui une lettre et expliquez-lui qu'il n'a pas à avoir peur.

....

....

....

....

....

....

....

....

Mandala méditatif

Mots cachés

ABONDANCE	SPIRITUALITÉ	RITUELS	LUNE
CHALLENGE	ÂME	SYNCHRONICITÉ	CHAMANISME
MENTAL	ANCRAGE	ENNUI	FÉMININ
INTUITION	PRÉSENT	CRÉATIVITÉ	ÉCRITURE
NATURE	LUMIÈRE	JOIE	ORACLE
MOUVEMENT	POTENTIEL	VIBRATION	TAROT
RESPIRATION	CONFIANCE	GRATITUDE	YOGA
MÉDITATION	AUDACE	ATTRACTION	RIRE
YIN	ÉQUILIBRE	AUTEL	DANSER
YANG	INTROSPECTION	SOLEIL	SÉRÉNITÉ

E	Y	T	U	W	E	K	L	Q	E	M	S	I	N	A	M	A	H	C	C
X	R	N	O	Y	S	C	F	E	S	L	E	U	T	I	R	N	S	T	Ç
Ç	G	U	P	R	A	E	N	E	R	A	G	O	Y	Q	V	L	V	S	K
Y	F	D	T	N	A	N	R	A	M	B	J	L	Q	C	B	Z	Y	P	N
T	N	W	R	I	O	T	C	E	I	I	I	A	T	Y	H	A	I	I	A
O	E	V	C	K	R	I	Ç	R	N	F	N	L	M	C	Z	G	N	R	T
M	E	N	T	A	L	C	T	Y	A	I	N	I	I	E	Z	N	T	I	U
T	N	E	S	E	R	P	E	A	R	G	T	O	N	U	O	A	R	T	R
E	N	O	I	T	C	A	R	T	T	A	E	E	C	P	Q	Y	O	U	E
C	T	S	Y	N	C	H	R	O	N	I	C	I	T	E	E	E	S	A	L
N	V	I	B	R	A	T	I	O	N	H	D	B	R	T	K	A	P	L	E
A	J	A	M	C	H	A	L	L	E	N	G	E	I	E	S	E	E	I	T
D	Y	I	N	J	R	E	S	N	A	D	I	V	M	O	L	C	C	T	U
N	N	E	I	O	J	Z	E	D	J	K	I	Y	L	I	Ç	A	T	E	A
O	M	O	U	V	E	M	E	N	T	T	U	E	Q	I	A	D	I	C	E
B	E	N	N	U	I	H	G	R	A	T	I	T	U	D	E	U	O	Z	T
A	O	R	A	C	L	E	T	E	M	L	E	R	I	R	U	A	N	Y	H
E	R	E	I	M	U	L	R	R	E	S	P	I	R	A	T	I	O	N	Z
U	Q	H	A	T	P	C	O	O	N	O	I	T	I	U	T	N	I	C	S
N	D	E	H	P	O	T	E	N	T	I	E	L	S	J	J	L	U	N	E

16 - Être connecté à son intuition

Exemples de tirage

Voici deux exemples afin de recevoir une guidance et de laisser votre intuition vous guider pour ces tirages, j'aime utiliser l'*Oracle D'Âme à Âme* ou le *Petit Oracle de Stef'* de Stéphanie Gras.

- **Guidance générale ou sur un point qui bloque dans votre vie.**

1. Ce que vous êtes entrain de transformer (passé) :
2. Ce qui va vous aider (présent) :
3. Le résultat (futur) :

- Harmonie :

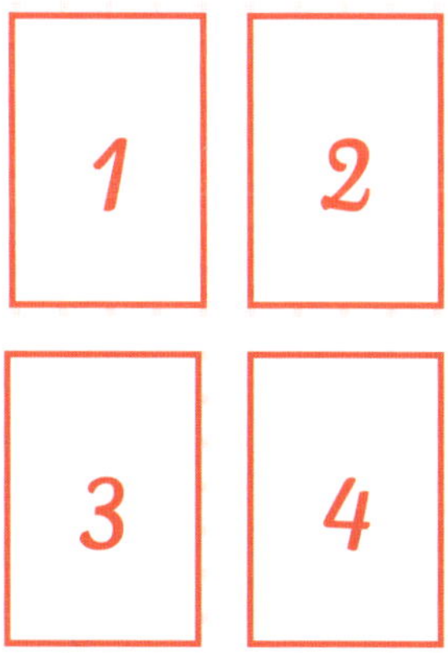

1. Message du corps :
2. Message de l'âme :
3. Message du mental :
4. Message de vos énergies :

Chapitre 17

Le sommeil et ses trésors

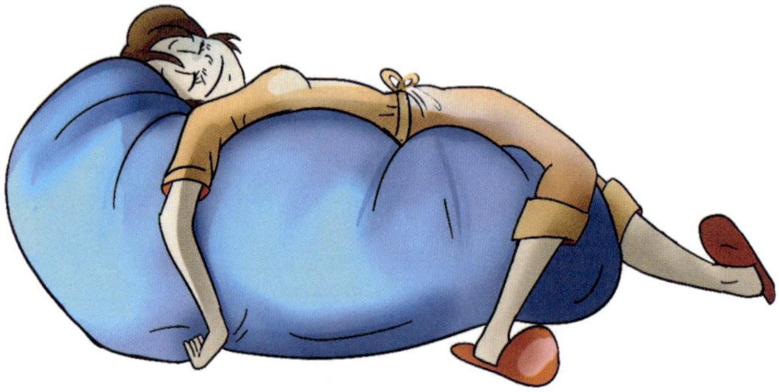

Saviez-vous que l'on estime qu'un individu rêve en moyenne 100 minutes soit 1 heure 40 minutes chaque nuit ? Si on pousse le calcul, une personne de 60 ans a passé environ 5 années de sa vie à rêver et, au total, 20 à dormir !

Une phase de notre vie qui peut être fascinante à explorer... Toutes les nuits, vous vous tenez entre deux mondes lorsque vous rêvez. Vous avez cette opportunité unique d'accéder à un monde où tout est possible.

Mais pourquoi rêve-t-on ? Le but du rêve reste l'un des grands mystères qui n'a pas encore été résolu. Le monde de la science et celui de la psychologie ont chacun leurs opinions, mais aucun ne détient la réponse absolue à la question de savoir si les rêves sont une pure nécessité physiologique ou psychologique.

Ce que l'on sait et ce que la science a démontré, c'est que les rêves servent à rechercher des solutions, à préserver notre santé mentale, à améliorer nos performances et à protéger le sommeil.

Saviez-vous que la théorie de la relativité d'Einstein, la machine à coudre d'Elias Howe et la chanson *Yesterday* de Paul McCartney sont tous les fruits d'un rêve ?

Pour moi, les rêves sont un terrain de jeu infini.

Je me souviens d'absolument tous mes rêves. Ça m'a agacée durant de nombreuses années, car je me suis souvent réveillée plus fatiguée qu'avant de dormir, mais un jour, j'ai décidé d'être dans l'acceptation. À partir de ce moment-là, tout a changé.

L'attrape-rêves : la légende Lakota explique que si l'on croit au Grand Esprit, la toile d'araignée retiendra vos bonnes pensées, qui descendront jusqu'à nous par les plumes, et les mauvaises disparaîtront à l'aurore, en son centre, à travers le trou.

Vos rêves contiennent tant de sagesse et de trésors. En prendre conscience permet d'atteindre une nouvelle étape dans sa vie spirituelle et de recevoir des clés, des messages et des indices pour mieux comprendre ce qu'il se passe en soi et continuer à évoluer.

La compréhension peut être immédiate, mais pas toujours. C'est pour cette raison que tenir un journal de vos rêves est un excellent rituel afin de pouvoir vous y replonger plus tard quand quelque chose fait tilt ou que votre intuition vous y pousse.

17 - Le sommeil et ses trésors

On est tous uniques, c'est pourquoi je préfère vous conseiller de créer votre propre dictionnaire des rêves avec vos symboliques, plutôt que d'aller chercher l'information ailleurs. Voyons cela de suite dans la page suivante !

Journal de rêves

Voici un exercice qui vous permettra de comprendre vos rêves, leur symbolique et leur sens caché : tenez un journal de rêves.

Tous les jours, notez vos rêves dès votre réveil. Comment vous y prendre ?

1. Choisissez un carnet qui vous inspire et dans lequel vous adorerez prendre le temps de noter vos rêves.
2. Datez la page chaque matin.
3. Donnez un nom à votre rêve. Pensez à un titre de film pour le rendre mémorable.
4. Après le titre, résumez le contenu de votre rêve rapidement.
5. Ensuite, notez votre rêve dans les détails.
Que s'y passait-il ? Quels sens étaient impliqués ? Quelles émotions avez-vous ressenties ? Comment vous sentiez-vous quand vous vous êtes réveillé ? N'hésitez pas à dessiner (symboles, paysages, personnes, tout ce qui vous a marqué).

Soulignez les éléments qui résonnent le plus en vous. Puis, prenez du recul et posez-vous les questions suivantes. Faites-le de manière spontanée et écrivez tout ce qui vous passe par la tête.

→ Quel but a X pour moi ?

→ Que signifie X pour moi ?

→ Quelle est la fonction de X ?

→ Quels pourraient être les autres sens de X ?

→ À quoi me fait penser X ?

→ Quelle sensation me donne X ?

→ Quel est le lien avec ma vie actuelle ?

17 - Le sommeil et ses trésors

• Bilan : qu'est-ce que j'ai appris ?

Faire cet exercice vous permettra de vous détourner du mental et de vous connecter immédiatement sur votre sagesse intérieure. Ce simple exercice pourra aussitôt élucider le sens du rêve pour vous.

....

....

....

....

Mots croisés

1. Effet obtenu par le moyen de l'art, de l'artifice, du truquage et qui crée le sentiment du réel ou du vrai.

2. Chose surnaturelle qui apparaît aux yeux ou à l'esprit.

3. Qui n'est tel que dans sa propre imagination.

4. Qui existe seulement en tant qu'idée, conception de la pensée, spéculation et non dans le réel.

5. Animal fabuleux ayant la tête et le poitrail d'un lion, le ventre d'une chèvre et la queue d'un serpent.

6. Envie, tentation.

7. Idéal impossible à atteindre.

8. Représentation imaginaire traduisant des désirs plus ou moins conscients.

9. Phénomène optique pouvant produire une illusion.

Corrections

1 - Instropection : une meilleure aventure

Vrai/Faux

• **Introspection signifie « observation de sa vie intérieure »** .... V / F
« Observation méthodique, par le sujet lui-même, de ses états de conscience et de sa vie intérieure. » Un moment de connexion à soi qui permet d'apprendre à se connaître.

• **L'introspection est quelque chose qui peut être fun** .... V / F
Complètement, et c'est même conseillé afin d'assimiler au mieux les découvertes que l'on fait sur soi. Pour moi, l'introspection est une exploration et nous sommes comme Lara Croft ou Indiana Jones dans cette aventure au cœur de nous-mêmes.

• **Ses effets bénéfiques ne touchent que la personne en introspection** .... V / F
L'état de notre monde intérieur influence ce qui nous entoure, dont notre environnement et nos relations, car nous sommes plus connectés à notre compassion.

• **L'introspection permet de prendre confiance en soi** .... V / F
Avoir confiance en soi, c'est avoir confiance en sa capacité à réaliser une tâche. En apprenant à vous connaître, vous saurez ce que vous voulez, quels sont vos objectifs et vous aurez donc un plan d'action clair pour passer à l'action !

• **Cette pratique est une étape essentielle pour se connecter à sa spiritualité** .... V / F
La spiritualité part d'une perspective qui vient de votre perception du monde. L'introspection est une parfaite manière de déterminer votre ouverture au monde. »

Pistes pour décrypter votre visualisation

Je tiens à insister sur le fait que cette expérience doit être fun et qu'il s'agit de pistes, en aucun cas d'affirmations sur votre vie. Il n'y a que vous qui pouvez être à même d'interpréter votre monde intérieur avec certitude.

• **Le chemin** : il représente votre manière d'avancer dans la vie et permet de voir sous un angle différent votre manière de vivre votre vie actuellement.

S'il est droit et que vous prenez du plaisir à le parcourir, cela reflète une vie sereine. Une vue dégagée indique que vous n'avez pas de crainte à vous projeter.
Si la route est plutôt un enchaînement de virages et que vous avez du mal à avancer, vous traversez une période plutôt compliquée. Des remises en question ou des complications externes dérangent votre monde intérieur.
Si vous ne pouvez pas vraiment porter votre regard au loin, ça signifie qu'une vision à court terme est ce dont vous avez besoin pour le moment ou que vous craignez peut-être quelque chose dans votre avenir.

• **Le lézard** : il représente la transformation.

Avez-vous été particulièrement interpellé quand vous l'avez vu ? Cela pourrait être le signe que vous êtes en plein processus de transformation et que l'introspection est pile-poil ce qu'il vous faut pour mieux vous comprendre, laisser le passé derrière vous et avancer.

• **Le loup** : il représente l'intuition, la capacité de discernement, le leadership.

Vous faites-vous confiance ? Que pensez-vous de votre rapport à votre intuition ? Avez-vous peur d'écouter ce que votre âme vous souffle ? Avez-vous l'impression d'être le capitaine de votre vie ? Prenez-vous du plaisir à créer une vie qui vous ressemble au quotidien ?

• **La lune** : elle est la parfaite incarnation du rapport que vous avez avec votre monde intérieur, votre énergie féminine et vos émotions.

Plus vous avez pris le temps de l'observer, plus vous êtes à votre écoute et plus vous laissez place à votre créativité dans votre vie.

• **L'animal** : il représente votre nature instinctive.

Le comportement que vous avez tendance à avoir en ce moment. La manière dont se comporte l'animal est donc un parfait reflet d'une partie importante de vous en ce moment. Prenez note de son message, il est d'une grande importance pour votre épanouissement.

• **La maison** : elle vous représente vous.

C'est aussi l'image que vous avez de vous physiquement et intérieurement. Les détails que vous avez notés sont de précieuses indications.

• **La clé** : elle symbolise l'opportunité à saisir pour avancer. 

L'avez-vous ramassée ? Êtes-vous ouvert au changement ? Une clé permet d'ouvrir une porte ou de trouver une réponse. Vous sentez-vous prêt ?

2 - Mettez de la magie dans votre quotidien : routine *vs* rituels

Créer du temps pour soi

Il n'y a pas de bonnes ou de mauvaises réponses ici.

Vous pourrez faire un point chaque jour pendant minimum 21 jours pour voir si vous avez diminué ou transformez certaines habitudes. Peut-être que vous réaliserez que vous les avez carrément éliminées ? Pour commencer, concentrez-vous sur trois points majeurs. Et même si ça ne s'est pas passé comme vous l'aviez prévu (attention au perfectionnisme qui a tendance à mettre une énorme pression), soyez fier de chaque minute que vous avez gagnée pour vous cette semaine.

Piste pour créer ses propres rituels

1. Les pensées qui ne s'arrêtent jamais

Pour stopper les pensées qui fusent ou tournent en boucle, rien de tel que d'écrire. Pourquoi ne pas choisir un carnet que vous adorez et écrire chaque matin et/ou soir toutes les pensées et émotions qui vous traversent ?

2. La nourriture

Manger peut devenir un réel rituel. Vous pouvez utiliser des ingrédients de saison que vous adorez, en étant en pleine conscience, connecté aux odeurs puis aux goûts.

3. L'eau

Vous pourriez émettre une intention lorsque vous entrez au contact de l'eau lors de votre douche (pour vous purifier des énergies de la journée par exemple). Questionnez-vous sur les autres éléments, Feu, Air et Terre. Comment aimeriez-vous entrer en contact avec eux ? Quelques pistes : le Feu avec les bougies, l'Air avec votre souffle et la Terre avec la nature.

4. Rapport au temps

Le matin, prenez-vous le temps de démarrer la journée en vous sentant prêt et aligné ? Prenez-vous le temps pour vous le soir ?
Au contraire, ressentez-vous plutôt le besoin de passer à l'action ? Créer votre tableau de visualisation pourrait être un parfait rituel pour préparer le terrain avant de faire le premier pas.

5. Connexion au corps

Plutôt simple, il suffit de bouger avec plaisir. Marcher en pleine nature, courir, faire du yoga, escalader, nager, danser, aucune limite tant que l'intention est claire d'en faire un moment sacré pour vous. (Et « sacré » ça peut être fun, on n'oublie pas la base !)

6. Rapport à la beauté

Si vous êtes sensible à l'esthétique des choses et que vous aimez ajouter votre touche personnelle, vous pouvez créer votre propre coin sacré chez vous (découvrez comment créer votre autel p. 50) ou agrémenter les moments sacrés de votre vie de bougies, huiles essentielles, cristaux, fleurs ou objets de décoration. Libre à vous d'exprimer votre créativité et sensibilité.

7. Connexion à l'Univers

Méditer pour ressentir la connexion à l'Univers, tirer les cartes oracle ou tarot pour recevoir une guidance, écrire pour obtenir certaines réponses...

8. Traditions

N'hésitez pas à vous (re)connecter aux traditions ancestrales à travers les rituels (païens, Égypte antique, natifs américains, aborigènes, etc.).

3 - Synchronicités : les signes qui nous mettent sur la voie

Le vrai/faux

• **Le mot synchronicité a été inventé par Freud.** .... V / F
C'est Carl Jung qui a inventé ce mot lors d'une expérience avec l'une de ses patientes et un scarabée.

• **Une synchronicité est due au hasard.** .... V / F
Une synchronicité est la manifestation simultanée de deux événements reliés par le sens, mais pas par la cause.

• **Certaines synchronicités peuvent changer le cours de votre vie.** .... V / F
Certaines synchronicités peuvent être bouleversantes et changer une vie. L'univers nous envoie toujours ce que l'on est capable de gérer.

• **Elles permettent de trouver du sens à son passé.** .... V / F
Chercher les synchronicités dans son histoire passée permet de découvrir les leçons que l'on a apprises, les accidents évités ou les rencontres et événements marquants.

• **S'ouvrir aux synchronicités permet d'expérimenter le pouvoir de la pensée et la loi d'attraction.** .... V / F
C'est un premier pas vers l'acceptation d'une réalité qui va au-delà de ce qui est palpable. On s'ouvre alors aux énergies et au pouvoir créateur de la pensée ainsi qu'à la connexion entre toutes choses.

4 - L'ennui ouvre des portes auxquelles on ne s'attend pas

Les mots mêlés à découvrir

AIR | ALCHIMIE | ÂME | AMOUR | ASTROLOGIE | AUDACE | BESOINS | CHAMANISME | COLÈRE | CONNEXION | CRÉATIVITE | CYCLE | EAU | ÉCRIRE | ÉMOTION | ÉNERGIE | ENFANT | ENNUI | ÉTOILES | ÊTRE | FEU | FLEUR | FRUSTRATION | GRATITUDE | HÉROÏNE | INTENTION | INTROSPECTION | JOUER | LIBERTÉ | LIRE | LUNE | MAGIE | MÉDITATION | MENTAL | MUSIQUE | NATURE | NUAGE | PLUME | RESPIRER | RITUEL | SOLITUDE | SPIRITUALITÉ | TAROT | TEMPS | TRISTESSE | UNIVERS | VALEURS | VIVRE | VOYAGE

6 - Réveillez votre enfant intérieur

Idées pour les petits papiers

Rire, faire des crêpes, danser, faire de la corde à sauter, chanter, apprendre de nouvelles choses, regarder des dessins animés, se balader en pleine nature, faire le spectacle aux autres, faire des grimaces, faire des blagues, pâtisser, écouter de la musique, aller à des concerts, explorer de nouveaux endroits, voir mes amis, faire des puzzles, lire, regarder les nuages, dessiner, colorier, aller au cinéma, se baigner, tirer les cartes, faire des origamis, peindre, bricoler, construire des cabanes dans le jardin ou à l'intérieur de la maison, regarder les étoiles, pique-niquer, jouer à cache-cache, écrire des lettres, prendre un bain, faire une chasse aux trésors (ça existe pour adultes), prendre des photos, faire un bowling, faire un escape game, etc.

Mots croisés pour se reconnecter au monde de l'enfance

1. Objet appelé lance-tartines
2. Blessure
3. Chatouille
4. Sport dans la cour de récré
5. Moment que l'on souhaiterait sans fin
6. Ce qu'on préfère à l'école
7. Émotion que l'on ressent quand vient l'heure de la récré
8. Biscuit qui rappelle l'enfance selon Proust

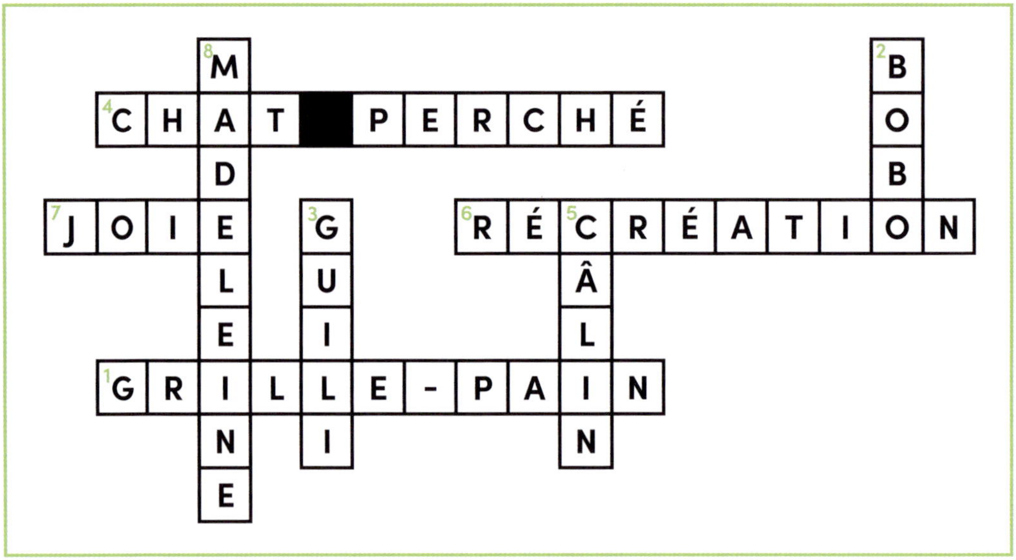

7 - L'audace d'être soi mène vers l'alignement

Test pour briller de votre personnalité

UN MAXIMUM DE a. Votre soif d'apprendre est comme celle d'Hermione dans *Harry Potter*. Et si vous pouviez avoir un retourneur de temps, vous n'hésiteriez pas une seconde !

Si vous pouviez lire plusieurs bouquins à la fois et apprendre plusieurs disciplines, ce serait le rêve pour vous ! Vous voyez des possibilités partout et un trop grand nombre d'entre elles sont des projets tentants. Votre passion ? C'est la vie !

Ce qui vous rend vulnérable - Être submergé par les opportunités et ne pas aller au fond des choses. En plus, à force d'être occupé par 36 000 tâches à la fois, vous risquez de perdre de vue ce qui compte vraiment dans votre vie.

Mes conseils - Au lieu de vous laisser distraire par les possibilités et de changer de cap face au moindre nouveau projet, restez concentré sur les projets qui vous passionnent le plus. Vous ne pouvez pas être un expert en tout. Utilisez votre précieuse énergie pour aller jusqu'au fond des choses. Organisez-vous. Il est temps d'épurer votre vie.

Vos alliés - Méditation (pour la concentration), différents types de yoga selon votre énergie (vinyasa pour quand vous avez trop d'énergie et slow yoga quand vous souhaitez être plus organisé), exercices de pleine conscience pour être plus ancré dans l'instant présent, planning pour être mieux organisé.

• **UN MAXIMUM DE b. Vous êtes un peu (beaucoup ?) comme Monica dans *Friends*. Ce qui prime pour vous ? Efficacité, ordre et précision. Vous êtes structuré et ordonné et vous inspirez la stabilité à votre entourage.**

Ce qui vous rend vulnérable - Le chaos. Quand les choses ne se passent pas comme prévu, vous avez tendance à vous laisser submerger par vos émotions et à paniquer.

Mes conseils - Vous rappelez-vous la dernière fois que vous avez lâché prise et laissé la vie vous surprendre ?

Comment vous y prendre ? - La vie est une question d'équilibre et devenir plus ouvert au lâcher prise vous changera la vie. Redonnez sa place à votre intuition et laissez place à l'imprévu de temps en temps.

Vos alliés - Méditations guidées (pour vous laisser transporter et ne pas vous faire accaparer par vos pensées), yoga pour vous ancrer dans l'instant présent, balades en pleine nature pour vous reconnecter à la spontanéité qui y règne partout, des journées sans to-do lists (promis, tout se passera bien !), le jeu des petits papiers (page 28), les exercices pour équilibrer vos énergies masculines et féminines (page 58).

• **UN MAXIMUM DE c. Vous êtes comme *The Witcher*. Vous ne lâchez jamais le morceau. Votre détermination n'a vraiment aucune limite ! Quand vous avez quelque chose en tête, vous y croyez et vous faites tout pour le réaliser. Les défis vous font rarement peur et vous êtes même plutôt du genre à les chercher.**

Ce qui vous rend vulnérable - Vous avez tendance à être totalement absorbé par votre travail ou vos passions et à ne vivre plus que pour ça. Une obsession !

Mes conseils - Apprenez à ralentir pour vous connecter à l'instant présent. C'est bien d'avoir des objectifs dans la vie, mais à force d'avoir le regard tourné vers vos buts, vous avez tendance à être submergé et à passer à côté de l'essentiel. Faites attention au burn out qui touche bien souvent les personnes aussi déterminées que vous.

Vos alliés - Cohérence cardiaque, méditation (n'importe laquelle pourvu qu'elle vous rattache à l'instant présent), détente avec vos proches, slow yoga, balade en nature, gratitude, vacances, le jeu des petits papiers, vous ennuyer (page 18), mettre en place des rituels (page 10).

• **UN MAXIMUM DE d. Vous êtes comme Superman et quand quelqu'un a besoin d'aide, le devoir vous appelle.**

Vous êtes une personne au grand cœur et la connexion aux autres est primordiale pour vous. Rendre les gens heureux vous comble de joie, voilà tout ! Mais à quel point ? Vous êtes cette personne qui prend soin des siens en les aidant dans leur vie. Celle qui maintient les liens solides en temps de conflit au sein d'une famille ou d'un groupe d'amis. Celle qui pense plus aux autres qu'à elle-même...

Ce qui vous rend vulnérable - Faire passer les autres avant vous. Vous avez tendance à vous épuiser quand il s'agit de votre propre vie.

Mes conseils - Pour donner le meilleur de vous-même aux autres, vous avez besoin de recharger vos propres batteries en premier. Prendre soin de vous est primordial.

Vos alliés - Apprenez à dire non et fixez des limites saines dans votre vie pour ne pas vous laisser déborder par les autres.

Prenez du temps pour vous (page 6) avec un véritable moment d'introspection, réveillez votre enfant intérieur pour vous amuser (page 26), rendez-vous page 10 pour mettre en place des rituels les matins et soirs afin de vous chouchouter et vous faire plaisir, méditation des chakras (page 22), slow yoga pour vous connecter à vous-même, balades en pleine nature pour vous ressourcer.

Mots mêlés : les 5 premiers mots que vous découvrez reflètent la personne que vous êtes

CURIEUSE
ORGANISÉE
DÉTERMINÉE
BIENVEILLANCE
GÉNÉROSITÉ
DYNAMIQUE
POÈTE
SORCIÈRE
ÉPANOUIE
AIDE
COURAGEUSE
SOUCIEUSE
SPIRITUELLE
SOURIANTE
CONNECTÉE
CRÉATIVE
AVENTURIÈRE
MÉDECINE
SAUVAGE
REBELLE
NATURELLE
LIBRE SAGE
CONFIANTE
ARTISTE
DÉESSE
ANCRÉE
SENSIBLE
INTUITIVE
JOUEUSE
BATTANTE
AUDACIEUSE
RAYONNANTE

8 - Prendre confiance en soi et accepter d'expérimenter sa spiritualité

Comment combattre ses croyances limitantes ?

Les étapes ci-dessous sont des pistes et ne sont en aucun cas à considérer comme les seules possibilités.

1. Observez la pensée arriver. À quel moment s'est-elle déclenchée ? La noter dans un petit cahier que vous gardez sous la main ou votre téléphone.

2. Remarquez ce que vous vous êtes empêché de faire ou d'exprimer : comment pourriez-vous y remédier ?

3. Connectez-vous à votre texte sacré de connexion à l'Univers.

4. Le soir, prenez le temps de voir ce que vous pourriez mettre en place pour incarner authentiquement votre spiritualité.

5. Notez votre victoire dans vos gratitudes : vous êtes passé de la peur à l'amour et avez fait un pas de plus pour être plus aligné avec votre spiritualité. Deux petits miracles qui méritent d'être célébrés.

9 - Connectez-vous à votre joie et vivez la vie qui vous fait vibrer

Test vibratoire

Gardez en tête qu'il s'agit d'un test et que les résultats reflètent votre état à l'instant où vous l'avez fait. Votre **taux vibratoire** peut rapidement changer à partir du moment où vous mettez en place des actions qui vous rendent heureux. Chaque fois que vous avez choisi la réponse « oui » dans le test, cela équivaut à un point.

- **De 0 à 7.**

Vous ne vibrez pas très haut actuellement. Et je pense que ce résultat n'est pas une surprise, car ça fait un petit moment que vous vous sentez en décalage dans votre vie. Le simple fait de ressentir cela prouve que votre intuition essaie de communiquer avec vous, mais l'écoutez-vous ? Inspirez-vous des 10 clés pour augmenter votre taux vibratoire et ça ira rapidement mieux, vous verrez. N'hésitez pas à utiliser tout ce qui fera vibrer votre cœur et votre âme à travers les pages de ce cahier. Ce n'est pas les idées qui manquent pour vivre dans la joie !

- **De 8 à 14.**

Vous vous sentez plutôt bien dans votre vie actuelle, mais vous avez envie de plus. Vous savez que vous pourriez être plus accompli et aligné à vous-même. Prenez le temps de voir ce qui vous manque, ce qui est ou non aligné à vos aspirations actuellement. Faire le point vous permettra de savoir rapidement ce que vous allez pouvoir mettre en place. Et si vous pensez ne pas avoir le temps, rendez-vous au chapitre « Mettez de la magie dans votre vie » ou pour la « Méditation pour apaiser le mental et trouver la sérénité ». Il est temps de libérer toute la lumière en vous et de vibrer toujours plus fort.

- **De 15 à 21.**

Vous vibrez haut et fort et vous vous sentez connecté à l'Univers. Votre intuition vous guide et vous voyez l'opportunité d'apprendre et de grandir dans toutes les situations, même les plus challengeantes. Cultivez cette belle vibration et n'hésitez pas à partager autour de vous ce que vous ressentez au quotidien afin d'inspirer votre entourage à vibrer toujours plus haut avec vous.

10 - Vivre dans la gratitude

Mots cachés

F	F	J	S	R	T	S	H	E	A	H	S	K	Y
B	Q	U	P	O	P	T	I	M	I	S	M	E	Y
I	V	I	B	R	A	T	I	O	N	P	C	G	Y
E	R	A	Y	O	N	N	E	M	E	N	T	S	C
N	A	P	P	A	R	T	E	N	A	N	C	E	A
V	H	G	R	A	T	I	T	U	D	E	L	A	M
E	T	A	E	C	O	N	N	E	X	I	O	N	O
I	R	Q	M	O	T	I	V	A	T	I	O	N	U
L	C	P	T	B	O	N	H	E	U	R	S	A	R
L	F	E	N	T	H	O	U	S	I	A	S	M	E
A	V	I	T	A	L	I	T	É	L	C	U	O	U
N	I	C	T	S	A	B	O	N	D	A	N	C	E
C	D	O	U	C	E	U	R	P	Y	J	O	I	E
E	J	Y	A	T	T	R	A	C	T	I	O	N	M

GRATITUDE
JOIE
BONHEUR
BIENVEILLANCE
AMOUR
DOUCEUR
APPARTENANCE
MOTIVATION
VITALITÉ
OPTIMISME
ENTHOUSIASME
ABONDANCE
VIBRATION
RAYONNEMENT
CONNEXION
ATTRACTION

12 - Créer votre espace sacré

Mots croisés

1. Signifie haut lieu
2. Elles y sont élevées
3. Il symbolise le lien entre tous les éléments et l'Univers
4. Associée à l'élément Air
5. Associé à l'élément Eau
6. Associée à l'élément Terre
7. Associée à l'élément Feu
8. Quelle loi permet d'amplifier ce que je manifeste ?
9. Fêtes qui composent la Roue de l'année

13 - Le chamanisme au quotidien

Mots croisés

1. Ethnologue et historien qui a remis en lumière le chamanisme dans les années 1950. Il l'a même appelé la « religion naturelle ».

2. Monde dans lequel on vit

3. Instrument essentiel au chamanisme

4. Celui qui sait en sibérien

5. Vos animaux de pouvoir vous y attendent

6. Méthode de base du chamanisme

7. Il se révèle grâce au chamanisme

8. Faille par laquelle peut se manifester la dimension extraordinaire de la vie

9. Nous ne faisons qu'un avec elle

10. Ils vous y attendent, dans le monde du haut

11. La plus vieille tradition spirituelle humaine

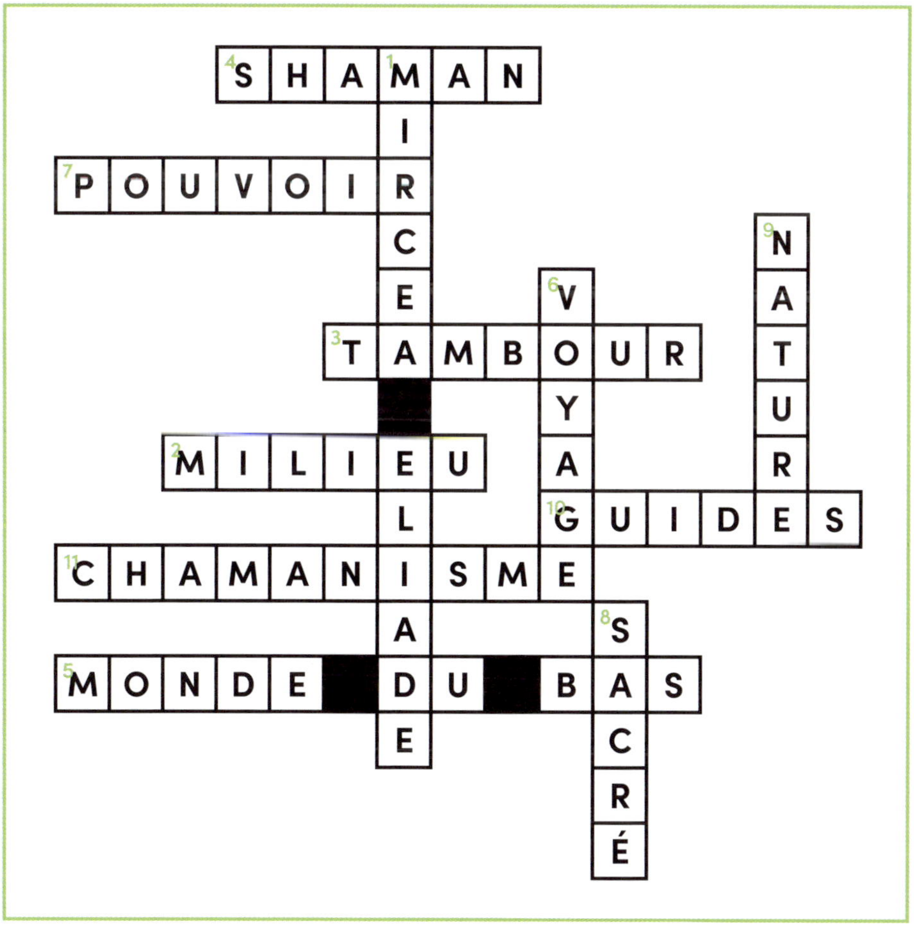

16 - Être connecté à son intuition

Mots cachés (guidance)

ABONDANCE	SPIRITUALITÉ	RITUELS	LUNE
CHALLENGE	ÂME	SYNCHRONICITÉ	CHAMANISME
MENTAL	ANCRAGE	ENNUI	FÉMININ
INTUITION	PRÉSENT	CRÉATIVITÉ	ÉCRITURE
NATURE	LUMIÈRE	JOIE	ORACLE
MOUVEMENT	POTENTIEL	VIBRATION	TAROT
RESPIRATION	CONFIANCE	GRATITUDE	YOGA
MÉDITATION	AUDACE	ATTRACTION	RIRE
YIN	ÉQUILIBRE	AUTEL	DANSER
YANG	INTROSPECTION	SOLEIL	SÉRÉNITÉ

E	Y	T	U	W	E	K	L	Q	E	M	S	I	N	A	M	A	H	C	C
X	R	N	O	Y	S	C	F	E	S	L	E	U	T	I	R	N	S	T	Ç
Ç	G	U	P	R	A	E	N	E	R	A	G	O	Y	Q	V	L	V	S	K
Y	F	D	T	N	A	N	R	A	M	B	J	L	Q	C	B	Z	Y	P	N
T	N	W	R	I	O	T	C	E	I	I	I	A	T	Y	H	A	I	I	A
O	E	V	C	K	R	I	Ç	R	N	F	N	L	M	C	Z	G	N	R	T
M	E	N	T	A	L	C	T	Y	A	I	N	I	I	E	Z	N	T	I	U
T	N	E	S	E	R	P	E	A	R	G	T	O	N	U	O	A	R	T	R
E	N	O	I	T	C	A	R	T	T	A	E	E	C	P	Q	Y	O	U	E
C	T	S	Y	N	C	H	R	O	N	I	C	I	T	E	E	E	S	A	L
N	V	I	B	R	A	T	I	O	N	H	D	B	R	T	K	A	P	L	E
A	J	A	M	C	H	A	L	L	E	N	G	E	I	E	S	E	E	I	T
D	Y	I	N	J	R	E	S	N	A	D	I	V	M	O	L	C	C	T	U
N	N	E	I	O	J	Z	E	D	J	K	I	Y	L	I	Ç	A	T	E	A
O	M	O	U	V	E	M	E	N	T	T	U	E	Q	I	A	D	I	C	E
B	E	N	N	U	I	H	G	R	A	T	I	T	U	D	E	U	O	Z	T
A	O	R	A	C	L	E	T	E	M	L	E	R	I	R	U	A	N	Y	H
E	R	E	I	M	U	L	R	R	E	S	P	I	R	A	T	I	O	N	Z
U	Q	H	A	T	P	C	O	O	N	O	I	T	I	U	T	N	I	C	S
N	D	E	H	P	O	T	E	N	T	I	E	L	S	J	J	L	U	N	E

17 - Le sommeil et ses trésors

Mots croisés

1. Effet obtenu par le moyen de l'art, de l'artifice, du truquage et qui crée le sentiment du réel ou du vrai.

2. Chose surnaturelle qui apparaît aux yeux ou à l'esprit.

3. Qui n'est tel que dans sa propre imagination.

4. Qui existe seulement en tant qu'idée, conception de la pensée, spéculation et non dans le réel.

5. Animal fabuleux ayant la tête et le poitrail d'un lion, le ventre d'une chèvre et la queue d'un serpent.

6. Envie, tentation.

7. Idéal impossible à atteindre.

8. Représentation imaginaire traduisant des désirs plus ou moins conscients.

9. Phénomène optique pouvant produire une illusion.

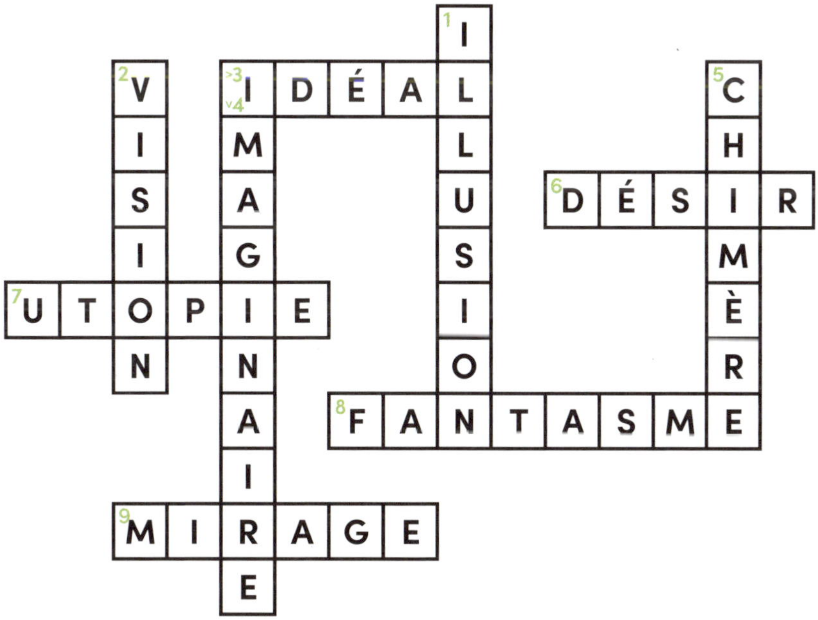

Notes personnelles

Notes personnelles

À propos de l'auteure

Leona Reading a toujours fait de la quête de sa mission de vie une véritable chasse au trésor. Plutôt que de subir son existence, elle décide de faire preuve d'audace et vivre la vie qui la fait vibrer. Elle entreprend alors des études et devient *personal trainer*, puis professeure de yoga. Elle aide aujourd'hui les femmes à oser s'aimer et à écouter leur intuition pour créer, à leur tour, la vie qui les fait vibrer.

Elle les accompagne à travers deux étapes charnières :

- la rencontre avec soi (amour de soi et connexion à son intuition) et la découverte de sa voie/mission de vie ;
- la création de sa vie d'entrepreneure grâce à un marketing du cœur, un état d'esprit confiant et une énergie d'abondance. Avec Leona, travailler sur son marketing est un véritable plongeon en soi, à la croisée du développement personnel et spirituel.

Aujourd'hui, elle aide des centaines de femmes à travers ses coachings personnalisés, accompagnements de groupe, programmes, méditations guidées, cours de yoga et retraites. Vous pouvez aussi la retrouver au quotidien sur Instagram @leona_fityourdreams et toutes les semaine dans son podcast « Les Âmes Audacieuses ».

Son mantra ? « *Fit your dreams.* » qui signifie « Sois à la hauteur de tes rêves ».

Crédits iconographiques :

Les **illustrations** de cet ouvrage ont été réalisées par **Stéphanie Gras**, à l'exception des suivantes :

Page de titre : iStock/Marje (fond aquarelle), iStock/Anna_zabella (panneau en bois), iStock/aleksandarvelasevic (végétation), iStock/JDawnInk (feuilles).

Toutes les pages de leçons-chapitres : iStock/Marje (fond aquarelle), iStock/Stefan_Alfonso (mouette), iStock/Gastonbolivario (coquillage), iStock/Ceneri (avion).

Toutes les pages d'exercices : iStock/Marje (fond aquarelle), iStock/aleksandarvelasevic (mouettes), iStock/Gastonbolivario (coquillage), iStock/kbeis (feuilles).

Toutes les pages corrections : iStock/Marje (fond aquarelle), iStock/Gastonbolivario (coquillage).

Toutes les pages annexes : iStock/Marje (fond aquarelle), iStock/S-E-R-G-O (planche de surf, panneau, cordes et feuilles), iStock/Stefan_Alfonso (mouette), iStock/Gastonbolivario (coquillage), iStock/pijama61 (végétation), iStock/Anna Erastova (effets traces) iStock/SirVectorr (coquille spirale).

4e couverture : iStock/S-E-R-G-O (panneau et cordes), iStock/Iana Kotova (motif feuilles).

Pages spécifiques : p. 60 → iStock/Екатерина Бабкина (cadran lunaire), iStock/Dencake (lune),
p. 64 → iStock/Viktoriia Miroshnikova (chien salutation du soleil),
p. 69 → iStock/KatikaM (mandala).

Dans la même collection

Broché 17 x 24 – Illustrations couleurs – 6,95 €

Le tarot de Lilith Tarot

Approfondissez, avec humour et légèreté, certaines notions qui, bien que sortant de l'ordinaire, peuvent radicalement changer votre interprétation du tarot. Amis débutants, pas de panique, quelques révisions vous permettront de prendre le train de la créativité et du développement personnel en marche…

À moi le bonheur de Chloé Bonfill

Ce cahier ne vous propose pas de trouver LE bonheur, mais VOTRE bonheur, celui qui vous ressemble. La pleine conscience, l'amour, les besoins, les célébrations, l'audace : chaque chapitre explore un des nombreux ingrédients du bien-être afin que vous puissiez y goûter dès maintenant.

L'astrologie de Caroline Moye

Que nous soyons sceptiques ou sensibles aux astres, l'astrologie intrigue. Ce cahier lève le voile et répond - avec humour ! - aux questions que vous vous posez. Découvrez l'histoire de l'astrologie, la polarité des signes ; élaborez votre thème astral et apprenez à vous connaître grâce aux étoiles !

Les runes de Lyra Ceoltóir

Cet ancien alphabet magique et sacré des peuples germano-scandinaves est aussi (et surtout !) une source de pouvoir inestimable et un efficace outil de divination… lorsque l'on sait interpréter et exploiter leurs messages ! Apprenez à déchiffrer les runes à travers des quiz et des jeux.

La numérologie de Denis Schneider

Tout le monde connaît son signe astrologique, mais savez-vous tout de votre chemin de vie? Venez explorer le côté semi-obscur ou clair-obscur des nombres premiers! Armé de ce cahier – et d'une calculatrice –, balayez vos *a priori* et partez à la découverte des mystères que recèle la numérologie.

Jeux de l'été (collectif)

Ce cahier unique en son genre, et dont le dessein n'est autre que de vous divertir entre deux pauses farniente, vous invite à tester et approfondir vos connaissances en matière d'astrologie, de numérologie, de magie, de divination, de runes, de médiumnité… Boostez votre savoir… tout en vous amusant !

Dans la même collection

Broché 17 x 24 – Illustrations couleurs – 6,95 €

L'intuition de Johanna Hani

Profitez des beaux jours et des ondes positives qui en découlent pour apprendre à repérer les signes et à faire confiance à cette petite voix que vous vous efforcez si souvent de faire taire. Grâce à ce cahier, finissez-en avec les idées reçues sur l'intuition et apprenez à dépasser vos blocages

La lithothérapie d'Amandine Forestier

Profondeur des couleurs, formes, propriétés et même pouvoirs, les cristaux renferment bien plus de secrets qu'on pourrait le penser ! Munissez-vous d'un stylo et consolidez vos acquis tout en vous amusant ! Que la puissance des pierres soit avec vous !

Féminin sacré d'Emma Grillet

À travers des jeux et des exercices ludiques, retrouvez votre puissance de femme, menez des actions concrètes pour accomplir vos envies, accepter vos erreurs, exprimer qui vous êtes, développer votre créativité, écouter votre corps, le chérir, le respecter, et faire des autres femmes des alliées au quotidien.

Alliance Magique LE MAG

NOUVEAUTÉS

RETROUVEZ TOUS NOS OUVRAGES DANS NOTRE MAGAZINE !

- Nos titres, nos nouveautés
- Des articles de fond
- Des recettes
- Des astuces
- Vos horoscopes
- Des interviews
- Nos événements
- Un index détaillé

GRATUIT

DISPONIBLE EN LIBRAIRIE

3 MAGAZINES PAR AN

DISTRIBUTION : SODIS | DIFFUSION : GEODIF